Detlef Merbd

Der Alberich-Code

Die Jagd nach der Tarnkappe

Kriminalgroteske

Verlag Das Besondere

Verlag das Besondere
1. Auflage 2013
Copyright 2013 by Detlef Merbd
Alle Rechte vorbehalten.

Umschlag: Alexander Heß
Grafik, Design & Werbung
www.webdesign-by-Alex.de

Foto Frau: Elnur / Fotalia.com

Lektorat: Jörg Mosch

Druck: SDV Direct World GmbH
Tharandter Straße 23-35
01159 Dresden
www.sdv.de

Verlag Das Besondere
Dresden
Postfach 160 150
01287 Dresden
www.das besondere-verlag dresden.de

ISBN 9-783936-307092

„Es war Alberich, der starke Zwerg. Wohlgerüstet mit zauberischen Waffen, griff er den kühnen Recken an. Bald war er sichtbar, bald unsichtbar, je nachdem er die Tarnkappe über den Helm zog oder abstreifte. Nach langem Kampf brachte ihn Siegfried durch einen gewaltigen Streich zu Fall. Die Wucht des Schwertes und die Kraft die es führte, streckte ihn nieder; denn die Klinge schnitt nicht durch das zauberische Rüstzeug. Siegfried mochte nicht den Wehrlosen durch einen zweiten Streich töten, und diese Großmut machte Alberich so fügsam, dass er seinem Überwinder Treue gelobte, die er niemals brach. Nun erhob sich kein Widersacher mehr gegen den unüberwindlichen Helden. Er war König der Nibelungen, und die Schätze in dem hohlen Berg, sowie die erbeutete Tarnkappe Alberichs gehörten ihm als erworbenes Gut."

                                        Sagenkreis der Nibelungen

Prolog

Als er am Waldrand ankam, war es schon eine Stunde dunkel. Der steile Aufstieg von der jetzt kaum befahrenen Landstraße, an der er sein Auto zurückgelassen hatte, ließ ihn stoßweise Luft holen.

Oben am Waldrand angekommen, blieb der einen Rucksack tragende Mann im Schutz des finsteren Eichenwaldes stehen. Er wartete, bis sich seine Atemzüge normalisierten. Dann lief er auf einem noch vom Vortag regennassen Wanderweg weiter. Fünf Minuten später war er am Ziel. Vor ihm befand sich die etwa hundert Parzellen umfassende Anlage des Kleingartenvereins. Obwohl er sich auch diesmal sicher war, dass ihn niemand sehen würde, war er unruhig. In diese Erregung schob sich auch die hoffnungsvolle Erwartung, dass es diesmal zu dem Ergebnis kam, das er geplant hatte. Diesmal mussten sie reagieren: Die Kleingärtner, die Polizei und vor allem die Presse.

Er lief weiter über die mit Rasensteinen befestigten schmalen Wege zu dem Garten, den er vor drei Wochen ausgewählt hatte. Vorsichtig nahm er den Schlüssel vom Haken hinter dem Türpfosten, wo fast alle Kleingärtner ihre Eingangsschlüssel versteckten. Langsam öffnete er die Tür und schlich leicht gebeugt über den unter seinen Füßen knirschenden Kies zum Rosenbeet. Dann sah er sie vor sich: Die Gartenzwerge. Er nahm den Rucksack von der Schulter und band ihn auf. Zuerst holte er das Buch „Pantheon" heraus und legte es gut sichtbar auf den Weg. Dann zog er langsam eine Stichsäge aus dem Rucksack. Er setzte das scharf gezähnte Blatt am Kopf des ersten Zwerges an ...

1

Dietmar Herbst, der Autor des Buches „Pantheon", stand am Eingang einer Poststelle in Dresden. Eigentlich befand er sich in einer Kaufhalle. Die Post, die noch vor wenigen Jahren in einem alten, ehrwürdigen Gebäude residiert hatte, war jetzt, wie ein mikrogewelltes Hackstückfleisch in einem Brötchen, zwischen den Kassen und Gemüseregalen des Discounters eingeklemmt.

Die dort in einer Reihe geduldig Wartenden, es waren meistens Männer in noch arbeitsfähigem Alter, registrierten gelangweilt die Inhalte der vorbei geschobenen, mehr oder weniger gitterdrahtrasselnden Verkaufswagen.

Eigentlich wäre es für Dietmar Herbst ein schöner Tag geworden, wenn nicht gestern ein Zettel in seinem Briefkasten gelegen hätte, mit der Information, dass eine Briefsendung persönlich abzuholen sei. Aus wirtschaftlichen Gründen oder dem Datenschutz war bei dieser Nachricht nicht zu ersehen, welcher Absender es wünschte, dass er sich hier anstellen sollte. Briefe zum Abholen, die meistens ökologisch grau waren, hatten ihm in der Vergangenheit immer Ärger bereitet. Er vermutete das alljährliche Schreiben vom Finanzamt, das wegen Herbsts geringer Einnahmen empfahl, die schriftstellerische Arbeit als Hobby anzumelden. Irgendeine Behördenvorladung war auch möglich, obwohl er sich keiner Schuld bewusst war. Dabei dachte er an einen befreundeten Maler, der es versäumt hatte, als Zeuge vor Gericht zu erscheinen. Warum er deshalb eine höhere Strafe erhielt als der Angeklagte, konnte ihm auch die Verbraucherzentrale nicht erklären.

Möglich war auch eine unberechtigte Forderung von einem Versandhaus, Betrüger oder Rechtsanwalt. Aber vielleicht hatte ihm nur eine Bank oder Versicherung geschrieben, die ihm für wenig Geld viel Geld versprach, wenn er schon Morgen invalide oder tot wäre.

Er erinnerte sich an seine Kindheit. Damals, vor vier Jahrzehnten, war er immer froher Erwartung zum Briefkasten geeilt und war bitter enttäuscht, wenn dieser leer war.

Es mochte etwa eine halbe Stunde vergangen sein, da durfte er in das auffordernde, mürrisch blickende Antlitz der Postangestellten schauen. Dass sie so schaute, galt nicht dem Schriftsteller, sondern noch seinem Vorgänger. Der hatte in der Warteschlange einen Döner gegessen, und die herausdrängende Knoblauchsoße war mit einigen Zwiebelringen auf die Briefmarkenmappe der Uniformierten getropft. Hinzu kam, dass er die Beförderung seines Pakets nur mit Kleingeld bezahlt hatte und nun auch der Kasse Dönergerüche entstiegen.

Herbst legte unaufgefordert seinen wasserdichten Personalausweis auf den Schaltertisch. Geschickt schob er ihn an der gräulichen Soße und den Zwiebelringen vorbei, zu der Bediensteten. Sie verglich das Foto mit dem Original. Er deutete ihren vergleichenden Blick mit: Wird Zeit, dass dieses Jugendbildnis mal ausgewechselt wird. Danach senkte sie ihren Oberkörper unter den Tisch, den man in der Behördensprache Schalter nennt. Der Poet konnte jetzt lange darüber nachdenken, warum man den Raum zwischen dem Kunden und der Beamten Schalter nennt. Er fand keine plausible Erklärung.

Nachdem sein Hintermann schon zweimal gefragt hatte, ob hier bedient wird, tauchte sie wieder auf. Doch jetzt fand sich in ihrem Gesicht keine Spur mehr von Gram oder Bitternis, im Gegenteil. Sie strahlte ihn in voller Glückseligkeit an, als wäre er der liebe Gott persönlich. Wie sich später herausstellen sollte, war dieser Vergleich durchaus berechtigt. Ohne genau auf den überreichten Brief zu schauen, verließ Herbst leicht verwirrt die Postkaufhalle.

Erst als er nicht mehr den ihn verfolgenden Blick der Postfrau im Rücken spürte, etwa am 50 Meter entfernten kunststoffüberdachten Einkaufswagendepot, schaute er sich den Umschlag an. Es war ein Brief aus Italien, aus Rom, vom Vatikan. Schon äußerlich hatte er etwas Göttliches. Er war länger und breiter als die deutsche Briefnorm und aus edelstem Papier. Herbst spürte die knisternde Aura von noch edlerem Büttenpapier im Inneren der Sendung.

Mit der Frage: „Kann ich die Briefmarke haben?", wurde er jäh aus seiner himmlischen Gefühlswelt gerissen. Diese Frage hatte sein Hintermann vom Postschalter gestellt. Der Literat wimmelte ihn mit der Bemerkung „Jetzt nicht" ab. Der Fragende hätte durchaus mit ihm über einen Übergabetermin verhandeln können, doch er war ungeduldig. Der Briefmarkensammler verließ ihn mit einem murrenden Wort, dass er als „Arschloch" deutete. Beim Umdrehen gab der Abgewiesene noch ein Geräusch von sich, das man aus diesem abgeben konnte.

Bevor noch jemand die Briefmarke haben wollte, entschloss sich der Schriftsteller, den Brief erst in seinem Heim zu öffnen. Erwartungsvoll eilte er zu seiner Ein-Raum-Plattenbau-Hochhaus-Mietwohnung mit Fernblick auf die besseren Wohngebiete Dresdens.

Im Haus angekommen, kam es wie so oft, zu einer zeitlichen Verzögerung. Der Fahrstuhl war wieder einmal von einem Rollator blockiert, der zwischen die Fugen der Schiebetür geraten war. Auf dem Treppenweg zur zwölften Etage traf er die hier wohnenden Bürger, die ihn als „jungen Mann" ansprachen. Herbst war schnell dahinter gekommen, dass diese Anrede keine Schmeichelei, sondern eiskaltes Kalkül war. Ein „junger Mann" konnte ja für sie Wochenendeinkäufe in die Etagen transportieren, mal die Möbel rücken, weil die Enkel gerade im Fitnessstudio waren, oder er konnte ihnen etwas mitbringen.

Zum Beispiel Kartons mit laktosefreier Milch, Kisten mit Gesundheitswasser aus der Apotheke oder Säcke mit Katzenstreu.

Bei einigen Hausbewohnern, die nur noch am Fahrstuhl warteten, um ihm den Einkaufzettel zu überreichen, konnte er das abschaffen. Da er nicht Nein sagen konnte, brachte er mehrmals absichtlich das Falsche mit. Dafür musste er es sich gefallen lassen, dass man über ihn im Hochhaus und der Umgebung verbreitete: „Schriftsteller nennt der sich, der ist sogar zum Einkaufen zu blöd." Doch das störte ihn nicht. Die Ruhe zum Schreiben war ihm wichtiger als sein Ruf. Diese nicht seltene Eigenschaft eines Künstlers hatte auch seine Beziehungen zum weiblichen Geschlecht nie lange währen lassen. Die Letztere, es war die Längste, hatte mit Unterbrechungen sieben Monate gedauert. Elvira, die ebenfalls mehrfach Beziehungsgeprüfte, hatte Silvester zum Abschied gesagt: „Egal wie das neue Jahr wird, es kann nur besser werden."

Doch darüber dachte Herbst nicht weiter nach, als er, in seiner Wohnung angekommen, behutsam mit einem spitzen Küchenmesser den Brief öffnete. Ebenso vorsichtig entfaltete er das mit dem Wasserzeichen des Vatikans versehene Büttenpapier. Unter dem Symbol des Pontifex und Bischofs von Rom, der Tiara, den beiden sich kreuzenden goldenen Schlüsseln als Symbol des Petrus, stand in großen Lettern: Einladung. Die folgenden Sätze, die mit der Unterschrift eines Kardinals endeten, teilten ihm mit: Er, der Schriftsteller Dietmar Herbst aus Dresden, werde gebeten, beim Papst in Rom aus seinem Buch „Pantheon" zu lesen.

Herbst setzte sich auf die Reste der Couch, die vom Krallenschärfen der Katze seiner letzten Beziehung übriggeblieben waren. Er überlegte lange, ob er das alles nur träumte. Nein, stellte er schließlich fest, es war kein Traum. Hinter der Wand raspelte sein Nachbar, der sich vegetarisch ernährte, wieder Möhren. Über ihm übten die Kinder einer alleinerziehenden

Mutter Weitsprung, und unter ihm begann man, wie immer dienstags, donnerstags und sonnabends, Fisch zu braten.

Die Leserinnen und Leser mögen sich bitte einmal kurz in die Situation von Dietmar Herbst versetzen. Da wird ein bisher unbekannter Autor, dessen Bücher weder in den Medien, ja nicht einmal in der benachbarten Kreisbibliothek wahrgenommen werden, gebeten, beim Papst zu lesen. Hinzu kam noch, dass ein Flugticket nach Rom beigelegt war sowie eine Honorarankündigung, die eine All-inclusive-Woche in einem dortigen Fünf-Sterne-Hotel gewährleistete. Verständlich war auch, dass Herbst zunächst an einen üblen Scherz seiner Schriftstellerkollegen dachte, die bei Zusammenkünften mit Presseartikeln prahlten, in denen ihre literarischen Werke gewürdigt wurden. Er konnte sich die Einladung nicht erklären. Herbst war nicht christlich und schon gar nicht katholisch. Obwohl getauft, hatte er zu DDR-Zeiten nur an den real existierenden Sozialismus geglaubt. Nach diesen glaubte er an den real existierenden Kapitalismus und jetzt glaubte er nur noch an die Wettervorhersagen, obwohl auch diese nicht immer stimmten. Wie war man in Rom auf ihn gekommen? Er hatte keinerlei Beziehungen zur Mafia, wenn man vom Essen beim Italiener absieht. Sein intensives Nachdenken wurde nun nicht mehr durch die Weitsprünge über ihm gestört. Dafür rollten jetzt Bocciakugeln über den Etagenflur, die die benachbarte Patchwork-Familie aus ihrem Frankreichurlaub mitgebracht hatte. Das störte ihn weniger. Nur manchmal, wenn eine Kugel gegen seine Wohnungstür krachte, zuckte er zusammen.

Nach etwa dreißig Zuckungen kam ihm eine Vermutung. Diese Vermutung hieß Katharina. Katharina war die im menschlichen Gedächtnis hartnäckig verwurzelte erste Liebe, die bekanntlich mit dem Alter immer deutlicher und verklärter wird. Immer wenn Udo Jürgens schlagerte: Siebzehn Jahr, blondes Haar …, dachte er an sie. Im Hof der Schule, wo in der großen Pause immer im Kreis gelaufen werden musste, weshalb diese Schule vermutlich Erweiterte Oberschule genannt wurde, hatte er sie zum ersten Mal gesehen. Sie war für ihn das schönste Mädchen nicht auf dem Schulhof, sondern in der Stadt, in der Deutschen Demokratischen Republik und in der Welt, obwohl er diese nicht kannte. Für ihn war sie die Dresdner Sixtinische Madonna. Er bewunderte die blonden Haare, die ihre zarten Gesichtszüge schmückten. Wenn sie lächelte oder beim Lachen ihre weißen Zähne zum Vorschein kamen, schmolz er dahin wie die Margarine auf seinen Schnitten bei Sonnenschein. Ihre hellgrünen, glänzenden Augen waren für ihn wie das langersehnte zarte Grün im Frühling. Bei ihrem sinnlichen Mund dachte er immer, dass sie gleich ein frohes Lied singen wollte. Das sich ihre Brüste größer als bei ihren Altersgefährtinnen unter der Nylonbluse abhoben, erfüllte ihn mit zusätzlichem Stolz. Was kümmerte ihn das Lästern der Schulkameraden, die Katharinas Haare mit den Borsten einer Klobürste, ihre Stimme mit der einer Ente und die Beine mit Broilerschenkeln, die über den Onkel laufen, verglichen. Der Verliebte wertete auch die Hinweise auf ihre im Frühjahr von einer Pollenallergie gerötete Nase nur als Neid auf sein Glück. Und diese gerötete Nase war es auch, die bei ihm schlagartig das Langzeitgedächtnis aktivierte: Es war in diesem Frühjahr gewesen, als er sich auf der Brühlschen Terrasse zwischen Touristengruppen hindurch schob. Er hörte, wie ein Reiseführer wissbegierigen westdeutschen Lehrern erklärte, dass die Semperoper von Helmut Kohl erbaut wurde und sich in ihrem Inneren eine Brauerei aus dem benachbarten Radeberg befindet. Da sah er plötzlich diese rote Nase, die zu Katharina gehörte.

Aus Erfahrung wissen wir, dass es vor dem Ansprechen eines lange nicht gesehenen Menschen Millisekunden der Frage gibt: Ist er – oder sie – es wirklich? In diesem Bruchteil einer

Sekunde muss sich auch der andere entscheiden. Er kann blicken wie: Was will denn der von mir? Oder sein Gegenüber erkennen und so tun als habe er ihn nicht gesehen. Und dann gibt es noch die dritte Variante. Man erkennt ihn, gibt aber mit einem Blick zu verstehen, dass man ihn nicht mehr kennen will und geht weiter. Doch bei dieser Begegnung traf nichts von alledem zu. Dietmar Herbst war auch klug genug, nach vierzig Jahren nicht zu sagen: Ich hätte dich fast nicht wiedererkannt. So etwas kann bei einer Frau zum sofortigen Einfrieren der Konversation führen. Dabei wäre es durchaus verzeihlich gewesen. Denn Katharina war nicht gekleidet, wie man es bei einer fünfzigjährigen Frau erwartet hätte. Also kein ausgefülltes Dekolleté, kein Kleid mit figurnahem Schnitt in Blau oder Orange, sondern dunkler, weit ausladender Stoff bis zu den Fußknöcheln. In einer Mischung von freudiger Überraschung, Frage und Zweifel nannte er ihren Namen: „Katharina?!"

„Ja", hauchte sie, nur für Dietmar hörbar, zurück.

„Du, Nonne?" fragte er und schaute, wie unter Schock an ihrem Gewand hinunter bis zu den flachen Schuhen und wieder hinauf zu ihrer Haube. Er konnte nicht begreifen, dass das einstige Objekt seines Begehrens nur noch für einen Gott zugänglich sein sollte.

„Ich bin Klarissin und arbeite in Rom", sagte sie.

Aus seiner Erwiderung „Mein Gott" war tiefe Verzweiflung herauszuhören. Warum hatte sie sich dem zweiten Orden des Heiligen Franziskus angeschlossen? Soweit er sich erinnern konnte, war sie nie in die Kirche gegangen und hatte in Staatsbürgerkunde Heinrich Heine zitiert: „Den Himmel überlassen wir den Engeln und den Spatzen." Warum hatte sie sich entschieden, nach den Bestimmungen der Heiligen Klara von Assisi zu leben, ohne Eigentum, in Gehorsam und Keuschheit? Für Dietmar Herbst war das ein Rätsel. Ohne Eigentum wäre für ihn nicht das Problem. Auch nicht Gehorsam. Schließlich hatte er den achtzehnmonatigen Wehrdienst bei der NVA ohne Bestrafungen absolviert, was nur wenigen Einberufenen in der DDR gelungen war.

Sie unterbrach seine weiteren Gedanken: „Ich habe dein ‚Pantheon' gelesen".

„Ach, du bist das", antwortete Dietmar in Anlehnung an den alten Schriftstellerwitz über des Autors einzigen Leser.

Weil Poeten bekanntlich eine reiche Phantasie haben, sah Herbst seine Jugendliebe das Buch in einer düsteren Zelle lesen, auf einer harten Pritsche und bei Kerzenlicht. Sicherlich heimlich, weil die Oberin sein Werk, besonders das Gottesgespräch mit dem Teufel, missbilligte. Vielleicht wurde das Buch auch mit Weihwasser besprizt, um sich gegen das ketzerische Gedankengut zu schützen?

Doch hier irrte der Schriftsteller.

„Meine Schwester hat es auch gelesen und findet es amüsant." Katharina blickte zu ihrer beruflichen Schwester, die ihm freundlich bestätigend mit ihrer Fledermaushaube zunickte.

Herbst fühlte sich geschmeichelt und kokettierte: „Na ja, ist mal was anderes als die Bibel."

Wer die Brühlsche Terrasse in Dresden zu Urlaubszeiten kennt, weiß, dass man dort nicht stehen und sich unterhalten kann. Permanent schieben und stoßen einen die Touristenströme unbarmherzig weiter. Deshalb kann man kaum das auf der anderen Elbseite gelegene sächsische Regierungsgebäude betrachten, wo sich im Gegensatz zur Brühlschen Terrasse wenig bewegt. Für die Leser ein kurzer Hinweis: Bei sonnigem Wetter sieht man auf dieser Elbuferseite Sonnenbader liegen. Diese sind meistens völlig entkleidet. Aus diesem Grund kann keine Aussage getroffen werden, ob es sich dabei um ermüdete Reisende handelt oder um Verbeamtete aus den Gebäuden dahinter. Gewarnt sei auch vor dem Geländer der Brühlschen Terrasse. Menschen, deren Bauchnabel sich mehr als 1,30 Meter über dem Boden befindet, können schnell auf dem Dach eines der darunter aufgebauten bayerischen Bierzelte landen. Von dort, das ist das Positive, kann man wieder fotografieren. Doch das nur nebenbei. Zurück zu unserem Helden, der wegen des genannten Gedränges gezwungen war, den längsten Balkon Dresdens zu verlassen. Er taxierte sein derzeitiges, am Körper getragenes Vermögen. Das Ergebnis war positiv. Er fragte Katharina: „Darf ich dich zu einer Tasse Kaffee einladen?"

„Ich trinke nur Tee."

„Aber ich trinke Kaffee," sagte die andere Klarissin und stellte sich als Doris vor. Das zwang Herbst, seinen Plan zu ändern. Aus dem Café am Altmarkt wurde aus Kostengründen das entfernt in der Neustadt gelegene Szene-Café, wo er auch anschreiben lassen konnte. Dort, wo Alkoholiker und Obdachlose über die Freuden des Lebens und Studenten über die Grausamkeiten der Welt diskutieren, erfuhr Herbst, dass Katharina noch am Abend nach Italien zurückreisen würde. Er fühlte, dass nicht nur er das bedauerte. Dietmar spürte, was nur ein liebender Mann fühlen kann: In der Asche war noch Glut.

Jetzt, ein Vierteljahr später, war sich der Schriftsteller sicher, dass er die Einladung in den Vatikan seiner Jugendliebe zu verdanken hatte.

Mit dieser Vermutung lag er fast richtig, fast …

2

Während Dietmar Herbst sein Glück, im Vatikan lesen zu dürfen, immer noch nicht fassen konnte, telefonierten zwei Männer miteinander. Beruflich gesehen, waren die beiden sehr gegensätzlich. Der eine, Peter Kruber, war Kriminalhauptkommissar und arbeitete im sächsischen Pirna. Der andere, Leander Zamann, war Ethnologe und befand sich in Islands Hauptstadt Reykjavik. Trotz dieser beruflichen Unterschiede bestand zwischen ihnen das, was man allgemein Männerfreundschaft nennt. Allerdings war das nicht von Anfang an so gewesen. Zu Beginn war es eine Männerfeindschaft. Diese hatte eine ganz einfache Ursache. Und das war, wie sollte es anders sein, eine Frau. Mit dieser Frau namens Anne waren beide verheiratet. Zuerst sieben Jahre Leander und dann Peter acht Jahre, was letzteren schlussfolgern ließ, dass er der bessere Ehemann gewesen sei. Da aus erster Ehe eine Tochter und aus der zweiten ein Sohn stammbaumte und damit auch Besuchszeiten in Annes dritter Ehe, lernten sich die Exmänner kennen und schließlich auch schätzen. Von ihren Kindern, die von beiden Vätern geliebt wurden, erfuhren sie Details, die ihre Überzeugung stärkten, dass Anne mit ihrem dritten Mann einen absoluten Fehlgriff getan hatte. Dieser Fehlgriff hieß Alfons Bundschuh und war Verwaltungsangestellter beim Ordnungsamt. Das allein genügte eigentlich schon, ihn unsympathisch zu finden. Dass er dazu noch Berliner war, wurde ihm von den sächsischen Männern etwas weniger angelastet. Doch Alfons, den die Vorgänger mit tiefster Verachtung nur „den Dritten" nannten, war auch privat ein Ordnungsamt. Er plante alles genauestens. Etwas zu suchen, kam bei ihm nicht vor. Alles war in Fächern und Regalen alphabetisch geordnet und dieses noch nach Größe und Farbe. Dass er nahezu auf die Minute pünktlich nach Hause kam, im Gegensatz zu Annes Vormännern, und die Wohnung ebenso pünktlich wieder verließ, war für ihn selbstverständlich. Es war Leander und Peter ein Rätsel, wie Anne, die beruflich als Nanophysikerin arbeitete, mit Alfons Bundschuh das Bett teilen konnte. Dass es mehr oder besserer Sex sein könnte, schlossen sie selbstverständlich aus.

„Ich grüße den Geisterjäger im fernen Reykjavik", begrüßte Kruber Zamann. Mit rollenden „R", was den gebürtigen Oberlausitzer verriet, antwortete dieser: „Und ich grüße den Gaunerjäger." Dieses „rulln" (rollen) oder auch „kwurrln" (quirlen) hatte lange Zeit bei den isländischen Kollegen zu dem Irrtum geführt, dass er mit seinem schlechten Englisch aus New York kommen würde. Irgendwie war Zamann jetzt auch froh, dass er wieder frei in seiner Muttersprache auf Krubers: „Ich rufe dienstlich an", sagen konnte: „Die Kripo braucht Hilfe von einem Völkerkundler. Ich dachte die Völkerstämme, die bei euch Autos klauen, sind bekannt."

„Es geht um keine Autos. Es geht um dein Fachgebiet, um Zwerge."

„Du meinst Dunkelelfen. In der nordischen Mythologie gibt es nur Dunkelelfen, dazu gehören die Zwerge. Und dann gibt es die Hell- oder Lichtelfen. Mit denen befasse ich mich gerade. Ich bin jetzt dabei, ein Bauprojekt zu prüfen. Denn dort, wo Aufenthaltsorte der Elfen sind, darf nicht gebaut werden. Das ist so wie bei euch in Dresden, wo man eine Brücke wegen Fledermäusen boykottiert."

„Du bist ja bestens informiert."

„Unsere Tochter hat mir eine Hufeisennase aus Plüsch geschickt. Die schaukelt vor mir an der Schreibtischlampe. Übrigens, hätte ich dich heute ohnehin angerufen, weil dich unsere Kinder schlecht erreichen können. Ich kann oder muss dir mitteilen, dass unsere Anne wieder geschieden ist."

Es dauerte lange bis Peter Kruber antwortete: „Ich weiß jetzt nicht, was größer ist, meine Freude oder mein Mitleid."

„Mir geht es auch so."

„Wir haben ihr ja gesagt, dass es mit dem Dritten nichts wird."

„Das ist es, Peter. Anne, hat nie auf uns gehört."

„Du sagst es."

Wieder dauerte es lange, bis Leander Zamann sagte: „Ich muss das erst einmal verdauen. Jetzt sage mir, was du über Dunkelelfen wissen willst."

„Ich sende dir jetzt Fotos."

Leander hörte im fernen Pirna Peters Tastatur klappern. Als er gerade fragen wollte, ob sich die Polizei noch keinen PC mit Touchscreen leisten kann, erschienen auf seinem Monitor Bilder. Er sagte: „Bist du sicher, dass du mir die Richtigen gesendet hast?"

„Wenn du Gartenzwerge ohne Mütze siehst, die zwischen Rosen liegen, sind es die Richtigen."

„Und das ist kein verspäteter Aprilscherz", vergewisserte sich der Ethnologe.

„Leider nein. Und dazu kommt noch, dass ich diese Ungetüme in Gärten hasse. Ich habe schon überlegt, ob ich bei meinem ohnehin bescheidenen Gehalt in diesem Fall noch Schmerzensgeld beantragen sollte."

„Was hast du gegen Gartenzwerge? Sie gelten als Verkörperung der Harmonie mit der Natur und als Glücksbringer. Ich sehe auch einen gewissen liebenswürdigen Humor dahinter. Ja, sie werden auch als Auswuchs von Geschmacklosigkeit oder sentimentalen Kitsch abgetan, doch historisch gesehen, sind sie das Erbe des uralten menschlichen Bedürfnisses, die Welt mit Geistern zu erklären. Auch wenn einige Furcht vermitteln, letztendlich wollen sich die Menschen mit ihnen Wünsche erfüllen und suchen bei ihnen Schutz und Geborgenheit."

„Es mag ja so sein", räumte Kruber ein, „Doch das erklärt noch nicht, warum ihnen die Mützen abgetrennt werden. Und das immer am 4. des Monats. Anfangs dachte ich an einen normalen Gartenfreund, der wie ich Gartenzwerge hasst und sonst unauffällig ist. Also einer der regelmäßig den Rasen auf 14 Millimeter kürzt, mit dem Laubsauger die Blätter und Regenwürmer vom Boden zieht und zwischen den Beeten die Betonwege mit Hochdruckreiniger bearbeitet. Doch letzte Nacht ist es wieder passiert."

„Wieder die Mützen abgetrennt?"

„Ja."

„Ich fasse zusammen", dozierte Zamann, „jeweils am 4. des Monats werden vier Gartenzwerge enthauptet und das zum dritten Mal."

„Korrekt. Könnte es eine Sekte sein? Es gab hier in der Zeit der aggressiven Tierschützerei auch eine Gruppierung, die Keramikzwerge aus den Gärten befreiten und im Wald aussetzten, sozusagen auswilderten."

„So verrückt sind der oder die nicht", begann Zamann rollend. „Die Zahl ist von Bedeutung. Die Vier, die auf den bekannten vier Himmelsrichtungen beruht. Sie ist die Grundlage für die heilige Zahl vierzig in der jüdischen, christlichen, islamischen, hinduistischen und buddhistischen Welt. Im Alten Testament geht es schon damit los. Adam fastete nach dem Sündenfall zur Buße vierzig Tage stehend im Wasser des Jordan. Eigentlich wäre das Evas Sache gewesen, in der kalten Brühe zu stehen, aber, naja, du weißt ja auch, dass Männer meistens nachgeben. Die Sintflut währte vierzig Tage und vierzig Nächte, so im ersten Buch Mose. Da wir gerade bei Mose sind. Er diente nach der Apostelgeschichte vierzig Jahre in Median. Sein Aufenthalt auf dem Berg Sinai währte vierzig Tage, dann bekam er von Gott die Gesetzestafeln. Im Neuen Testament wird Jesus vierzig Tage in der Wüste vom Teufel versucht. Nach seiner Beisetzung blieb sein Grab vierzig Stunden verschlossen. Nach seiner Auferstehung blieb er vierzig Tage auf der Erde. Daraus resultiert auch vierzig Tage nach Weihnachten Maria Lichtmess. Am Aschermittwoch beginnt die vierzig Tage währende Passionszeit. Sie endet mit der Karwoche, und vierzig Tage nach Karfreitag feiern wir die Himmelfahrt Jesu Christi. Auch im Koran kannst du lesen, dass Mohammed vierzig Jahre alt war, als ihm der Engel Djabrail, der auch Gabriel sein kann, die ersten von Allah gesandten Suren des Korans verkündete. In der Bibel werden außerdem Regierungszeiten genannt, die mit der Vierzig bedeutsam sind. Der Auszug Israels aus Ägypten ins Gelobte Land währte vierzig Jahre und Mose regierte vierzig Jahre sein Volk…"

Kruber unterbrach den in Vortragslaune geratenen Zamann „Ja, die Ardennenoffensive dauerte vierzig Tage und die DDR wurde vierzig Jahre alt. Das reicht, Leander."

„Stimmt nicht, der DDR fehlten noch vier Tage an vierzig Jahren."

Zamann hörte am Telefon einen hilflosen Stöhner. Beim Betrachten der Bilder fiel ihm jetzt ein Buch auf, das in der Nähe der Zwerge zu sehen war. Er fragte Kruber: „Bei den vier Tatorten, wie ihr es nennt, liegt immer ein Buch dabei?"

„Gut beobachtet. Das ist auch merkwürdig, dass dieses Buch jedes Mal dort lag. Der Titel ist „Pantheon", geschrieben hat es der Dresdner Schriftsteller Dietmar Herbst."

„Pantheon ist das größte heidnische Bauwerk Europas. Es steht in Rom. Die Katholiken haben es nicht zerstören können, weil es geschickterweise vom Kaiser an den Papst verschenkt worden ist. Das innen befindliche antike Bronzegebälk wurde aus finanziellen und Glaubensgründen entfernt. Die eingeschmolzenen heidnischen Götter befinden sich seitdem im Petersdom, in Berninis Baldachin mit den Korkenziehersäulen."

Um sich einen weiteren Vortrag zu ersparen, stoppte Kruber ihn mit der Mitteilung: „Ich habe das Buch gelesen. Der Autor behauptet, dass es ein Pantheon auch in der Sächsischen Schweiz gegeben hat. Das ist doch völliger Schwachsinn. Spätestens seit die Römer in dem nasskalten, vermückten Teutoburger Sumpfwald waren, hatten sie den Kanal voll von Germanien und das bis heute. Oder hast du schon mal Italiener gesehen, die in Deutschland Urlaub machen?"

„Mal langsam, Herr Hauptkommissar. Nach neuesten Forschungen sind die Römer damals auch über die Nordsee nicht nur nach England gereist, sondern auch die Elbe hoch geschippert."

„Außerdem behauptet dieser Dietmar Herbst, dass es bei dem Pantheon einen unterirdischen Fluss geben soll. Einer Sage nach, haben dort Zwerge Gold und Edelsteine gewaschen oder geseift, wie es bergmännisch heißt."

„Zwerge, Edelmetalle und Edelsteine in der Sächsischen Schweiz? Das ist seltsam."

„Was ist daran seltsam?"

„Zwerge gibt es meistens nur dort, wo Erze sind. Und in der Sächsischen Schweiz gibt es diese kaum, jedenfalls nicht so viel, dass sich ein Abbau gelohnt hätte."

Kruber bemerkte Interesse bei dem Sagenforscher und nutzte die Gunst des Augenblickes. „Am besten du schaust dir das mal an. Du wolltest doch demnächst nach Deutschland kommen?"

„Zu Vorträgen, aber nicht zu den Gartenzwergen von Gurkengärtnern."

Der Polizist hakte nach. „Es gibt Geld für ein Gutachten. Das Honorar steht unter den Bildern."

Zamann scrollte unter die Bilder. „So viel?"

„Na ja, wir ermitteln in alle Richtungen, können einen rechtsradikalen Anschlag nicht ausschließen. Also kommst du?"

Leander zögerte.

Bevor der Ethnologe absagen konnte, bemerkte Peter scheinbar nebenbei: „Vielleicht braucht Anne unsere Hilfe, wenn sie zurück kommt."

Leander fing den Köder sofort auf. „Wo ist sie jetzt?"

„Ist bei Bundschuh ausgezogen und wandert den Weg eines Heiligen."

„Doch nicht etwa die breitgetretene Muschelstraße?"

„Nein, nicht den Jakobsweg. Sie hat den heiligen Franziskus ins Herz geschlossen."

Ungläubig fragte Zamann: „Den Franz, der sich in Rosendornen wälzte, wenn ihm körperliche Lust überkam?"

„Ja."

„Auf diese Idee bin ich nie gekommen."

„Ich auch nicht." bestätigte Zamann und ergänzte: „Anne wandert jetzt den Franziskusweg in der Toskana durch Umbrien nach Assisi."

Kruber befürchtete: „Hoffentlich hat sie die richtigen Schuhe an."

3

Anne hatte, wie von den Exmännern vermutet, nicht die richtigen Schuhe an. In den vergangenen Tagen waren diese dem größtenteils steinigen Weg zum Opfer gefallen. Einige Nähte waren aufgegangen und hatten nun eine Zwangspause verursacht. Im Schatten einer Zypresse saß Anne neben ihnen. Neben den Schuhen lagen die Strümpfe. Neben den Strümpfen eine Packung Pflaster. Neben dem Pflaster abgewickelte Mullbinden von den Füßen. Einige eurostückgroße Blasen hatten sich geöffnet. Unter der darunter befindlichen zarten, rosaroten Haut zeigten sich die Anfänge von Blutverlust.

Für Anne stellte sich jetzt die Frage, wie sie nach Assisi kommen würde. Der Gedanke an ein Abbrechen der Pilgerwanderung stand für sie nicht. Dafür hatte sie schon zu viel der Wegstrecke hinter sich. Wie immer bei ihren Rasten, nahm sie ihre Kamera und schaute sie sich auf dem Display die Bilder vom bisher zurückgelegten Weg an. Die ersten waren aus Florenz, der Wiege der Renaissance, wo sie mit dem Nachtzug von München angekommen war. Ihr Prinzip, nur das zu fotografieren, was nicht auf den Postkarten abgebildet ist, versuchte sie weitgehend treu zu bleiben, obwohl es ihr manchmal schwer fiel. So hatte sie von Florenz nur Bilder von dem einstigen Armenviertel der Stadt, wo der heilige Franziskus Hütten und eine Kapelle errichtet hatte. In der Kirche der Franziskaner Santa Croce hatte sie nur die braune Kutte fotografiert, die Franziskus getragen haben soll.

Ein weiteres Prinzip war, dass sie die Strecke nicht vollständig zu Fuß zurücklegen wollte. Das hatte sie bereits am nächsten Tag in Anspruch genommen. Denn die erste Etappe von Florenz nach Sant'Ellero war komplett unter Asphalt begraben. Ihre Fußwanderung begann sie am Arno in westlicher Richtung, in die Berge des Apennins. Auf dem Kameradisplay betrachtete sie altehrwürdige Pinien und Kastanien, Oleander, Erdbeerbäume und wuchernde Sträucher von Ginster und Myrte. Nach dem Consuma-Pass, beim Abstieg in das abgelegene und touristisch weitgehend unerschlossene Gebirgstal Casentino, schien sie noch bei den Bildern die kräftigen Düfte vom Thymian und Rosmarin zu riechen. Es folgten Ansichten der mittelalterlichen Bauwerke von Stie und der reich ausgestatteten romanischen Kirche Santa Maria Assunta. Auf dem Weg durch den Nationalpark Foreste Casentinese, konnte sie dank ihres Kamerazooms Kraniche, Fasane und andere Vögel fotografieren, die sie sonst nur in zoologischen Gärten gesehen hatte.

In Camaldoli, wo Franziskus gewesen war, um sich das Wissen der dortigen Apotheke anzueignen und wo Mönche Medizin studierten, blieb sie zwei Tage zum Ausruhen. Danach setzte sie ihren Weg an der Grenze zwischen der Toskana und der Emilia Romagna fort. Sie wanderte durch den alten Bergwald ins malerische Badia Prataglia, wo immer wieder Eidechsen, die in vielen Farben glänzten, ihren Weg kreuzten. Es folgten Bilder von der Höhle im Tafelberg Monte Penna, wo Franziskus die Stigmata, die Wundmale Jesu, empfangen haben soll. Und von der Wallfahrtsstätte, dem Franziskanerkloster La Verna, wo in der Kapelle der Basilika Santa Maria Assunta, Reliquien des Heiligen aufbewahrt werden.

Danach war sie von den waldreichen Höhen des Apennin ins Tal des Tiber gewandert und dort dem Fluss gefolgt. Bei Santa Fiora hatte sie ihn überquert und war über Sansepolcro und Montecasale zu den historischen Orten Città di Castello und Gubbio gelangt. Heute nun war sie nach zweiwöchigem Fußmarsch in das breite Tal des Topino gekommen.

Auf den fast 300 zurückgelegten Kilometern hatte sie sich niemandem angeschlossen, obwohl ihr das mehrmals angeboten wurde. Nach ihrer Scheidung wollte sie ganz einfach allein sein. Sie wollte bleiben, wo es ihr gefiel, ohne Rücksicht auf Zeitpläne und Wünsche anderer. Auch wenn sie, folgte man Goethe, mit „verweile doch, du bist so schön", der Teufel holen würde. Inmitten der Natur hatte sie laut den Sonnengesang, die Vogelpredigt und andere Schriften von Franziskus gelesen. Und manchmal, so glaubte sie, hatten ihr die Tiere und Pflanzen zugehört.

Anne spürte, dass die Schmerzen der aufgeriebenen Füße nach ihrer Befreiung von den Schuhen langsam abnahmen. Jetzt entfaltete sich bei ihr das Bedürfnis nach einem Kaffee. Dieses Bedürfnis, das ihre Kollegen im Forschungsinstitut Sucht nannten, lies sie kurz entschlossen ihren Rucksack öffnen, und wenig später kräuselte sich über der Flamme des Spirituskochers das Wasser im Topf.

Nach dem ersten Schluck des Kaffees, der durchaus mit dem echten italienischen Espresso konkurrieren konnte, lehne sie sich entspannt an den Stamm der Zypresse und schloss genüsslich die Augen.

Als Anne wieder aufblickte, sah sie zwei sich nähernde Punkte, die sich langsam zu Wanderern vergrößerten. Diese wurden zu zwei Pilgerinnen in Nonnenkleidung. Insgeheim wünschte sie sich, dass die beiden sie nicht bemerken würden. Doch sie wurde gesehen. Die Kapuzinerinnen in ihrem braunen Habit kamen auf sie zu.

Die aufmerksamen Leserinnen und Leser werden es bereits ahnen. Beide Frauen haben sie schon in Dresden kennengelernt. Die eine war Katharina, die andere Schwester Doris. Beim Gespräch im Dresdener Szene-Café ist letztere vom Autor nicht näher beschrieben worden. Das muss jetzt nachgeholt werden, weil es für den weiteren Verlauf der Handlung von Bedeutung ist. Stellen sie sich eine Frau um die Fünfzig vor, etwa 1,75 groß und für ihr Alter ungewöhnlich schlank und sportlich. Ihr

Gesichtsausdruck wirkte durch ihre Hagerkeit oberlehrerhaft streng, was durch ihre ausgeprägten Wangenknochen unter der von Geburt an gebräunt wirkenden Haut noch verstärkt wurde. Im Gegensatz dazu blickten ihre hellen, ständig zwischen feinen Fältchen blinzelnden Augen, freundlich. Ohne Kopfbedeckung hätte man ihre grauen, kurz geschnittenen Haare sehen können. Eine Frisur, die sie schon im vorherigen Beruf als Bankerin in Frankfurt am Main, in einem der größten Geldhäuser Europas, trug.

Doch nun wieder zurück zur unter der Zypresse sitzenden Anne, die von beiden freundlich mit „Gott zum Gruß, Schwester" begrüßt wurde.

Die Atheistin, die mit „Hallo" zurückgrüßte, empfand die Nonnen auf einmal als nicht störend. Sie hatten bei ihr den spontanen Gedanken ausgelöst, vielleicht in ein Kloster zu gehen, weil sie nach der dritten gescheiterten Ehe vermutete, für Männerbeziehungen untauglich zu sein. Auch das einfache Bedürfnis, jetzt kurz vor dem Ziel, mit Menschen, die ein gemeinsames Interesse verbindet, zusammen zu sein, ließ sie die Schwestern heranwinken.

Männer rotten sich bekanntlich gerne bei einem Kasten Bier, besser noch einem Fass Bier, zusammen. Für Frauen hat eine Kaffeekanne eine ganz ähnliche Anziehungskraft. Wenn dann noch selbstgebackene Kekse und Tischdeckchen hinzukommen, dann ist die weibliche Glückseligkeit fast erreicht. Mit sich und der Welt zufrieden, nippten Anne und Doris am heißen Kaffee, während Katharina ihren Tee genoss. Diese Harmonie führte zu dem Entschluss, bis zum Ziel ihrer Pilgerreise in Assisi zusammenzubleiben.

Dass drei sich bislang fremde Frauen mehrere Tage in völliger Harmonie verbringen können, mag verwundern, doch es war so. Jede empfand das Zusammensein als Bereicherung. Sie verband die Sehnsucht nach Freude, innerer Losgelöstheit und die Freiheit, die sie hier in der Fremde empfanden. Mit der Erkenntnis „Es gibt mehr, als alles zu haben", erreichten sie Assisi. Dieser schöne Gedanke sollte jedoch nur bis zum Abend halten.

Katharina, Doris und Anne saßen an einem weiß gedeckten Tisch im Garten einer Trattoria mit dem träumerischen Namen „Sole Mio". Es gab natürlich Spaghetti mit allerlei Zutaten, und in den Karaffen war einheimischer Wein, so behauptete jedenfalls der aus Sizilien stammende Kellner. Der Nachtisch, dem sich die Frauen widmeten, waren hoch aufgetürmte Eisbecher. Die Stimmung hätte nicht besser sein können. Dass Katharina als erste Wein nachbestellte, ließ Anne im Scherz fragen: „Ihr habt wohl auch einen Weinberg am Kloster?"

„Nein. Nur unsere Brüder, die Franziskaner, haben dieses Privileg."

„Da sieht man es wieder", giftete Doris auf einmal, „Auch hier wird zwischen männlich und weiblich unterschieden."

„Brüder und Schwestern", warf Anne süffisant ein, die nicht verstand, warum sich die Nonne Doris plötzlich aufregte. Nur Katharina wusste um ihren neuralgischen Punkt. Die ehemalige Bankerin war während des Studiums und in der Zeit danach aktiv in der Frauenbewegung gewesen. Dass dies in ihrer Chefetage nicht besonders gut ankam, kann man sich denken. Hinzu kam, dass sie achtzehn Jahre auf ihrem Gruppenleiterposten sitzen geblieben war und zusehen musste, wie andere, Männer, an ihr vorbeizogen. Als dann noch ihr Studienkollege, der fast alle Prüfungen hatte wiederholen müssen, Bankdirektor in Paris wurde, war bei ihr der Siedepunkt erreicht. Mit der Kenntnis, dass man Unfähige nur durch Beförderung loszuwerden kann, marschierte sie zum Chef. In seinem Hundert-Quadratmeter-Büro kippte sie den Schreibtisch um und warf seine Jacke aus dem Fenster. Ihr Chef, der Angst hatte, bei ihrer nächsten spontanen Arbeitsberatung noch in der Jacke zu sein, bot ihr den vorzeitigen Ruhestand mit einer beträchtlichen Abfindung an. Dass sie in ein Kloster ging, hatte einerseits damit zu tun, dass sie die Welt nicht mehr verändern wollte. Und andererseits, dass sie beim männlichen Geschlecht keinerlei Reaktionen zeigte. Und schon gar nicht Emotionen. Soweit die Erklärung für die plötzliche Aggressivität, die zu ihrer Frage an Katharina führte: „Und warum gibt es keine Päpstin?"

„Es soll eine gegeben haben", warf Anne ein, was Doris aber nicht beruhigte.

„Was vom Vatikan geleugnet wird. Seit dieser Zeit, der zweiten Hälfte des neunten Jahrhunderts, wird seltsamerweise der neugewählte Papst immer auf einen sella stercorari, einem Sessel mit Loch gesetzt. Ein Diakon darf ihm dann ans Gemächt fassen und rufen: Mas nobis nominus est, was so viel heißt wie: Er hat einen."

„Er ist ein Mann", korrigierte Katharina.

„Ein Mann, ein Mann und warum nicht: Eine Frau?", ereiferte sich Doris weiter. „Es war die Jungfrau Maria, die Jesus geboren hat und nicht ein Mann."

Anne, die bekanntlich Erfahrungen mit drei Ehemännern hatte, war darüber erhaben: „Das mit der Jungfrau ist aber auch umstritten. Meine beiden Kinder konnte ich jedenfalls nur ohne diesen Status bekommen."

Doris sah ein, dass sie mit letzterem Argument nicht weiter punkten konnte. Sie besann sich auf die Menschheitsgeschichte. „Das Weibliche war von Anfang an das Symbol für Sicherheit und Geborgenheit. Man denke dabei nur an die Mutter Erde. In der Antike war die Vorstellung verbreitet, dass, wenn die Erde Pflanzen gebärt, dies demzufolge auch für Menschen und Tiere gilt. Die Erde wird im Alte Testament deshalb auch als Mutterschoß beschrieben, in dem der menschliche Leib kunstvoll gestaltet wird."

Katharina bestätigte: „Psalm, 90, 5 Jes 34, 1."

„Aus diesem Grund gibt man in den meisten Kulturen den verstorbenen Menschen der Erde wieder zurück." Und dann fuhr Doris noch größere Geschütze auf, wobei sie heftig mit den Händen gestikulierte. „In der Bibel findet sich auch der weitaus größte Anteil an weiblichen Gottesbildern in der Figur der Weisheit, hebräisch Chokmah, griechisch Sophia. In der sogenannten Weisheitsliteratur, die teilweise nicht im Kanon der hebräischen Bibel steht, findet sich Sophia als eine vermittelnde Frau, die auch in Schöpfungstexten, neben dem Schöpfergott, erscheint. Sie ist nicht nur Symbol, sondern wird auch in einer konkreten Frauengestalt dargestellt, die Traditionen zahlreicher antiker Göttinnen in sich aufgenommen hat. So der ägyptischen Isis, vor allem aber der Ma'at, der Göttin der Weltordnung. Katharina wird auch die Verheißung Galater 3, 28 kennen, woraus hervorgeht, dass vor Gott weder männlich noch weiblich gelte. Oder sagen wir es mit Mose: Gott schuf den Menschen zu seinem Bilde, nicht als Mann und Frau. Scheinbar ist diese Verheißung bei den Päpsten aus der Bibel entfernt worden."

Der Kellner, der hinter einem rotblühenden Oleanderstrauch gewartet hatte, bis sich Doris nach ihrer Rede zurückgelehnt hatte, fragte die Frauen in einem deutsch-italienischen Sprachgemisch, ob alles wunderbar zubereitet sei. Die Frauen nickten bestätigend. Das veranlasste ihn sofort, durstanregende Cantucci auf den Tisch zu stellen. Mit einem strahlenden Lächeln, an dem jeder Widerspruch abgeprallt wäre, strebte er wieder der Küche zu.

„Ich will euch nicht weiter mit dieser Historie langweilen", setzte Doris ihre Rede fort. „Ich sage es euch jetzt ganz pragmatisch. Es wird wissenschaftlich nicht mehr geleugnet, dass in der Urgemeinschaft die Frauen das göttliche Feuer gehütet haben. Warum wohl? Weil ohne Feuer die Gemeinschaft bedroht gewesen wäre. Feuer diente nicht nur als Erweiterung der Nahrungsmittelaufnahme. Es bot auch Schutz vor Kälte und

Raubtieren. Männern konnte man diese lebenswichtige Funktion nicht übertragen. Schon damals wussten die Frauen, dass die Männer nicht auf das Feuer achten würden, weil sie in ihrer verräucherten Höhle nur fressen, saufen und schlafen würden. Aus diesem Grund schickten sie die Männer fort, zur Jagd. Wenn sie nichts erlegten, was oft vorkam, dann war immer noch pflanzliche Nahrung vorhanden, die von den Frauen in der umgebenden Natur gesammelt worden war. Fehlte ein Mann, weil er von einem Bären zerlegt oder vom Mammut breitgetreten wurde, dann fiel das nicht weiter auf."

Doris' männerfeindlicher Vortrag wurde vom Kellner unterbrochen. Er schenkte jeder der Frauen ein Lächeln, dass, hätte man es in Energie umgewandeln können, eine Kleinstadt mit Strom versorgt hätte. Mit diesem Lächeln versuchte er, den aus seiner jugendlichen Sicht alten Weibern noch einige Karaffen von dem Wein, den Italiener niemals trinken würden, anzudrehen. Es gelang ihm. Indirekt hat er Schuld am weiteren Geschehen, was nach Mitternacht dazu führte, dass Anne zwei betrunkene Nonnen zu ihren Zimmern führen musste. Doch bevor sich der Kellner bei diesem Anblick bekreuzigte, war es ein Buch, das die Frauen erregte und sie in den folgenden Wochen handeln lassen würde. Dieses Buch war das „Pantheon" von Dietmar Herbst. Katharina hatte es nicht ohne Stolz auch Anne zum Lesen gegeben. Doris, die es schon kannte, urteilte ihrer Natur nach sehr emotionslos: „Ist nicht gerade wie ein Thriller geschrieben, und die Geschichte mit den Zwergen beim unterirdischen Fluss und dem Wahrsager scheint mir sehr konstruiert."

Wie nicht anders zu erwarten, reagierte Katharina, wie es sich für eine liebende Frau, die ihren Mann verteidigt, gehört. Sie beugte sich Doris entgegen und protestierte: „Dietmar schreibt keine Thriller, er schreibt Literatur. Und er hat nie etwas konstruiert!"

Anne beschwichtigte: „Das Buch ist meiner Meinung nach sehr romantisch und hat viel Phantasie."

Doch dieser Entspannungsversuch scheiterte. Es brachte Katharina noch mehr auf. „Wenn Dietmar etwas schreibt, dann hat das immer Hintergrund. Und wenn er schreibt, dass es in der Sächsischen Schweiz einen unterirdischen Fluss gibt, dann gibt es ihn. Und wenn er schreibt, dass es dort ein Pantheon gegeben hat, dann hat es das gegeben. Und wenn er schreibt, dass dort der Schatz der Nibelungen war, der von Zwerg Alberich bewacht wurde, dann war es so." Zur Bekräftigung schlug Katharina mit der flachen Hand auf den Tisch, dass die Weingläser klirrten.

Besorgt tauchte der Kellner hinter Oleanderbüschen auf. Solche Glasgeräusche deuteten auf einen Leerzustand hin.

„Du meinst also, die Tarnkappe von Zwerg Alberich befindet sich tatsächlich in der Sächsischen Schweiz", fragte Doris vorsichtig und verbarg in ihrer Tonlage mühevoll ihre Zweifel.

„Selbstverständlich. Hier in der Sage ist es doch genau beschrieben." Katharina schlug sofort die betreffende Seite im Buch auf und las vor: *Ein Waldarbeiter entdeckt in einer Felsschlucht eine Höhle. Er geht hinein und sieht dort einen unterirdischen Fluss, wo ein Zwerg Gold und Edelsteine aus dem Wasser seift. Als der Zwerg den Waldarbeiter sieht, erschrickt er, rutscht auf den glitschigen Steinen aus und stürzt in den Fluss. Der Zwerg wird von der Strömung mitgerissen und droht zu ertrinken. Der Mann eilt zum Zwerg und zieht ihn aus dem Wasser. Zum Dank für seine Rettung bietet ihm der Zwerg zwei Geschenke zur Auswahl an. Er kann sich für Gold und Edelsteine entscheiden, sodass er mit seiner Familie bis ans Lebensende ohne finanzielle Sorgen leben kann, oder er kann von diesem Zwerg das Mittel zum Wahrsagen erhalten. Der Mann entschied sich für Letzteres. Aus dem armen Waldarbeiter wurde ein sehr gefragter Wahrsager, der fortan gut mit seiner Familie leben konnte."*

„Das erklärt doch noch nicht die Tarnkappe."

„Dieser Waldarbeiter erhielt vom Zwerg die Tarnkappe. Ich hebe noch einmal hervor: das Mittel zum Wahrsagen. Es war die Tarnkappe. Durch sie konnte er unsichtbar und demzufolge überall unbemerkt bei den Menschen sein. Wahrsagen ist doch nichts anderes, als Wissen zu vereinen und daraus Schlussfolgerungen zu ziehen. Oder denkt hier wirklich jemand, dass man die Zukunft aus einer Glaskugel erfährt?"

„Nein. Aber dann müsste Alberich die Tarnkappe, die er Siegfried gegeben hat, von Worms wieder in die Höhle am unterirdischen Fluss zurückgebracht haben?"

„So ist es, Doris. Auch das hat Dietmar herausgefunden. Nach Siegfrieds Tod und nachdem der Nibelungenschatz von Hagen im Rhein versenkt wurde, ist Zwerg Alberich in seine Heimat zurückgekehrt."

„Der Autor meint also, dass sich die Tarnkappe an der Elbe, in der Sächsischen Schweiz, in der Höhle am unterirdischen Fluss befindet?"

Doris erhielt von Katharina sofort die wütende Bestätigung: „Ja, an der Elbe, in der Sächsischen Schweiz, in der Höhle an dem unterirdischen Fluss. Und Dietmar Herbst ist nicht Autor, sondern er ist ein Schriftsteller!"

Anne befürchtete, dass, wenn Doris weiter so misstrauisch fragen würde, die ohnehin schon aufgebrachte Stimmung Katharinas eskalieren könnte. Bevor Katharina wieder auf den Tisch hauen konnte, fragte die Nanophysikerin mit einem Gesichtsausdruck, den man als „Möglich wäre es" deuten konnte: „Nach so einer Tarnkappe oder einer Technik für die Unsichtbarkeit wird seit Jahrhunderten weltweit gesucht. Bekanntlich sehen wir ja nur das, was vom Licht reflektiert wird. Um etwas unsichtbar zu machen, muss das Objekt das Licht hindurch lassen wie beim Glas oder es muss das Licht um sich herum lenken. Nehmen wir an, es gibt ein Material, welches das Licht um sich herumleitet. Nehmen wir an, Zwerg Alberichs Tarnkappe bestand aus solchem Material oder war damit beschichtet, zum Beispiel mit Silber und Magnesiumfluorid, womit das experimentell schon möglich ist, dann wäre ja nur seine Tarnkappe unsichtbar gewesen. Im Nibelungenlied wird beschrieben, wie der Zwerg mit Siegfried kämpft. Da ist Alberichs gesamter Körper unsichtbar. Daraus lässt sich schlussfolgern, dass der Bewacher des Schatzes keine Tarnkappe getragen hat, sondern er müsste einen Tarnmantel besessen haben. Nehmen wir weiter an, dieser Mantel bestand aus dem uns unbekannten unsichtbar machenden Stoff, dann ergibt sich eine weitere Frage: Wie konnte der Zwerg aus dem Mantel herausblicken? Denn wenn er aus dem Mantel geschaut hätte, dann hätte Siegfried mindestens seine Augen sehen müssen, was Alberichs Tod gewesen wäre. Wissenschaftlich gesehen, ist dieses Von-innen-nach-außen-sehen, um unsichtbar zu bleiben, das größere Problem. Möglicherweise kann hierbei die Natur helfen. Es gibt Tiere, deren Augen Licht absorbieren können. Dazu gehören die Kalmare und die Würfelquallen, die übrigens kaum erforscht sind."

„Verstehe ich dich richtig Anne: Wenn die Tarnkappe von Alberich ein Tarnmantel gewesen wäre, dann könnte seine Unsichtbarkeit möglich sein", fragte Doris.

„Aus wissenschaftlicher Sicht, ja. Wenn, wie ich schon sagte, dieser Mantel auch die Möglichkeit bieten würde, unbemerkt von innen nach außen zu sehen."

„Dann könnte es doch wirklich die Tarnkappe oder besser den Tarnmantel von Zwerg Alberich gegeben haben?"

„Leander, mein erster Mann sagte immer: ‚Unbedeutendes verschwindet in der Geschichte. Doch an dem, was über Jahrhunderte überliefert wird, ist was dran.' Über seinem Schreibtisch hing ein Zitat des sächsischen Heimatforschers Alfred Meiche: Die Sage ist die Mutter der Geschichte."

„So ähnlich hat es meine Schwester im Vatikan auch gesagt. Sie arbeitet in der Vatikanischen Bibliothek. Ich hatte ihr das ‚Pantheon' zum Lesen gegeben. Und stellt euch vor, sie hat daraufhin dieses Buch im Verlag bestellt. Und dann hat sie mich gefragt, ob der Schriftsteller auch nach Rom kommen würde, um sein Werk vorzustellen. Natürlich habe ich sofort ja gesagt. Die Einladung habe ich selbst zum Briefkasten gebracht. Nächste Woche wird Dietmar Herbst in der Vatikanischen Bibliothek lesen. Ja, ja, die laden nicht jeden ein. Vielleicht wird sogar der Heilige Vater kommen?"

„Eigenartig."

„Was soll daran eigenartig sein", fragte Katharina Anne mit einem wiedererwachender Verteidigungsagressivität. „Ein gutes Buch findet immer Aufsehen und Anerkennung."

Sinnierend sagte Doris: „Ich frage mich nur, warum sich der Vatikan für dieses Buch interessiert?"

„Weil es wunderschön geschrieben ist, was sonst", erwiderte Katharina der nachdenklich gewordenen Doris.

Anne vermutete: „Vielleicht hat der Autor ..."

„Schriftsteller", verbesserte Katharina.

„Vielleicht hat der Schriftsteller in seinem Buch etwas geschrieben, was für den Vatikan von Interesse ist? Vielleicht die Sage vom unterirdischem Fluss? Der Holzfäller erhielt als Dank für die Rettung des Zwerges die Fähigkeit, wahrsagen zu können. Diese Fähigkeit wäre durch Unsichtbarkeit zu realisieren."

„Du meinst, der Vatikan will den Tarnmantel haben?"

Anne nickte Doris bestätigend zu. „Zumindest wird er prüfen wollen, ob an der Nibelungensage und dem Tarnmantel von Zwerg Alberich etwas dran ist."

„Das wäre für mich einleuchtend. Man stelle sich nur vor, wenn der Vatikan im Besitz dieses Mantels wäre ..."

„Er wäre dann allgewaltig. Hier würde der Spruch ‚Wissen ist Macht' zu seiner vollen Bedeutung kommen."

„Das gilt aber auch für andere."

„Eben. Deshalb ist der Vatikan besonders daran interessiert, koste es was es wolle."

Anne fügte hinzu: „Man weiß ja von den Geheimdiensten im Vatikan. Ich sage nur ‚Da Vinci Code' und ‚Illuminati'."

Katharina erschauerte: „Mein Gott, dann ist Dietmar in Gefahr."

„Durchaus möglich."

„Mein Gott, dann werden sie ihn vielleicht foltern, bis er alles sagt …"

Die mit am Tisch sitzenden Frauen schwiegen, was Katharinas Ängste logischerweise nicht milderte. Folgerichtig kam sie zu dem Schluss: „Dann darf Dietmar nicht zur Lesung nach Rom kommen." Sie sprang auf. „Ich muss ihn sofort …"

Doris zog sie auf den Stuhl zurück. „Das bringt nichts, da werden sie ihn in Dresden ausquetschen."

„Aber wir können doch nicht zusehen, wie möglicherweise ein Mensch für sein Wissen in Gefahr gerät."

„Da können wir ihn nur in Rom entführen und verstecken."

„Über kurz oder lang entdecken sie ihn auch in Rom. Wir müssen die Aufmerksamkeit von ihm ablenken, auf uns."

„Und uns dann umbringen lassen?"

„Nonnen werden nicht umgebracht."

„Moment mal, ich bin keine."

Annes Einwurf zu Doris´ Plan war durchaus berechtigt. Doris beruhigte sie. „Der Herr wird nichts dagegen haben, dass ich dir bis zur Erfüllung unserer Aufgabe ein Habit von mir gebe."

Katharina, die immer noch mit Dietmars lebensbedrohlicher Situation beschäftigt war, fragte Doris: „Woher willst du den Tarnmantel holen?"

„Von dort, wo er ist."

„In der Sächsischen Schweiz, in der Höhle am unterirdischen Fluss?"

„Ja, wie dein Dietmar es beschrieben hat. Es gibt nur eine Rettung für ihn, wir müssen den Tarnmantel zuerst finden."

„Und wie willst du das realisieren, seine Lesung ist schon nächste Woche?"

„Ich denke darüber nach. Dann machen wir einen Plan."

Diese ausweichende Antwort war dem Umstand geschuldet, dass die Wirkung des Weines weitere klare Gedankengänge verhinderten.

4

Eine Woche später. Es war Mittag, im Flughafen Dresden-Klotzsche, der jetzt Airport Dresden heißt. Dietmar Herbst stand vor der großen digitalen Anzeigetafel und suchte den Flug Dresden – Rom. Er fand viele Städte, in die er gerne einmal gereist wäre, doch Rom war nicht dabei. Mit dem Gedanken, dass Rom auf so einer Tafel durchaus mal verschwinden konnte, ging er zur Auskunft, die jetzt Point heißt. Am Point fragte er, wo das Flugzeug, das jetzt Flieger heißt, startet. Die Auskunftsfrau, die möglicherweise Pointerin heißt, grinste ihn mit breitem Gesicht an. „Nach Room wollnse flieschen? Heute flieschd nüscht mehr nach Italschen", sagte sie und schaute herablassend auf seinen beim Urlaub auf dem Bauernhof von Katzen zerharkten braunen Hartkartonkoffer. Herbst senkte sein Haupt und schaute auf den Boden. Vor Scham wollte er im Beton der Flughafenhalle, die jetzt Terminal heißt, versinken. Doch der Beton gab nicht nach. Es war auch nicht mehr nötig, er war ohnehin am Boden zerstört. Die Einladung in den Vatikan, der Flugschein, der jetzt Flugticket heißt, war für ihn nur noch Lug und Trug. Wer konnte ihm das angetan haben? Ihm fiel niemand ein, der zu so einer Grausamkeit fähig war.
Gefolgt von den Blicken der Pointerin schlich er dem Ausgang zu, der jetzt Exit heißt. Plötzlich hörte er seinen Namen über die Lautsprecher. Eine weibliche Stimme säuselte: Herr Dietmar Herbst zum Flug nach Rom wird gebeten, sich in der Lounge zu melden." Kurz darauf säuselte diese Durchsage auf Englisch, Spanisch, Italienisch, Französisch und zuletzt auf Russisch, was er wieder verstand.
  Zwischenzeitlich hatte die Pointerin einen totalen Sinneswandel vollzogen. Mit beängstigender Freundlichkeit eilte sie

ihm winkend hinterher. „De Lonsch ist da drüben. Da müssense hin. Von da flieschen die feinen Leute mitn Privadsched."

Der „Privadsched" war eine Bombardier Learjet 45. Für alle, die dieses kanadische Flugzeug zwar kennen, aber vermutlich nie damit reisen werden, eine kurze technische Beschreibung: Die reichlich siebzehn Meter lange, zweistrahlige Düsenmaschine mit Tragflächen von 29 Quadratmetern, kann bei 860 Stundenkilometern eine Dienstgipfelhöhe von knapp 16000 Metern erreichen. Neben den beiden Besatzungsmitgliedern bietet der Innenraum acht Passieren Platz – auf einer Fläche, auf der in anderen Flugzeugen 24 bis 34 Economy-Class-Passagiere sitzen würden.

Außer Dietmar Herbst war nur ein Passagier mit an Bord. Für ihn traf die Charakteristik der Pointerin „Feine Leute" zu. Der etwa Mitte-Dreißig-Jährige im Nadelstreifenanzug schaute mit dem Ich-bin-besser-als-du-Blick auf den von KIK eingekleideten Herbst.

Herbst grüßte freundlich. Sein Gegenüber grüßte zurück, wobei sein Blick zu Armut-ist-keine-Schande wechselte.

Als die Bombardier nach dem Steigflug die Alpen ansteuerte und Herbst das zweite Glas Sekt getrunken hatte, ließ sich der feine Mann zu einem Gespräch herab. Er fragte: „Ist ihr Sekt auch gut temperiert?"

Herbst antwortete mit Ja, weil er nicht wusste wie kalt oder warm der Sekt temperiert sein musste. Um das Zwiegespräch zu beleben fügte er hinzu: „Ich hätte den Sekt auch wärmer getrunken, oder auch kälter."

Mit dieser durchaus ehrlichen Meinung war das Gespräch, was jetzt Smalltalk heißt, beendet. Der feine Mann schaute wieder aus dem Fenster und der weniger feine Mann in sein Buch. Der Schriftsteller stellte sich jetzt immer häufiger die Frage, welche Stellen aus seinem Werk er vorlesen sollte. Am liebsten würde er den Anfang, das Gespräch Gott mit Mephistopheles nehmen. Doch im Vatikan vom Teufel reden? In der Geschichte hatte so etwas häufig auf dem Scheiterhaufen geendet. Jetzt ist das den Gottesdienern zwar verboten, vermutlich aber nur wegen der Feinstaubbelastung. Doch Folter wäre durchaus möglich. Natürlich in der modernen, subtileren Form. Zum Beispiel, in dem der Delinquent vor einen Fernseher festgebunden wird. Unter Qualen müsste er sich dann die Gespräche von Politikern ansehen. Oder Auszeichnungsveranstaltungen, die jetzt Awards heißen, über sich ergehen lassen. Ihn immer wieder dieselben Leute sehen lassen, nur jedes Mal mit mehr Schminke und Silikon. Die schlimmste Folter aber wäre das Ansehen von humoristischen Filmen aus Deutschland. Nicht nur Herbst würde dann den Scheiterhaufen vorziehen.

Er hätte sich jetzt gern mit jemand beraten, ob oder ob besser nicht, diese Stelle mit dem Teufel beim Papst gelesen werden sollte. Doch es war nur einer da, und der schaute nach draußen auf die Alpen. Die Erfahrung, dass gerade Leute, die nicht aus der Branche sind, oft bessere Ratschläge geben, ließ Herbst den Smalltalk wieder eröffnen. „Ich werde im Vatikan lesen, aus meinem Buch Pantheon." Dass Dietmar Herbst das mit gewissem Stolz sagte, ließ den feinen Mann noch stolzer erwidern: „Und ich vertrete eine deutsche Traditionsfirma, die seit über hundert Jahre Wachskerzen in den Vatikan liefert."

Herbst nickte anerkennend: „Bestimmt ein lohnendes Geschäft, bei den vielen Kerzen, die dort verbrannt werden."

Der Wachskerzenvertreter reagierte nicht auf die Vermutung des Schriftstellers und wollte sich wieder den Alpen widmen. Doch dies wurde durch die folgende Bemerkung Herbsts verhindert: „Sie könnten mir bei einer Entscheidung helfen."

Der Mitreisende fühlte sich geschmeichelt. Wie so viele Menschen, war er in seinem Berufsleben noch nie zu einer Entscheidung gefragt worden.

„Was kann ich für sie tun", fragte er wie ein Callcenter-Mitarbeiter.

„Ich lese ihnen aus meinem Buch vor, und sie sagen mir dann, ob ich das im Vatikan zu Gehör bringen kann."

„Ja, gern. Meine Mutti hatte mir auch immer vor dem Schlafen vorgelesen."

Herbst öffnete sein Buch und begann: *„Der Herr lag auf seiner Couch. Es war Sonntag, und er gab sich seiner Lieblingsbeschäftigung hin: Lesen. Er las Sagen. Gott mochte Sagen. Sie waren für ihn romantische Geschichte, obwohl, schließlich kannte er ja die Wahrheit, vieles von den Menschen übertrieben oder einseitig dargestellt wurde. Leider gab es auf der Erde nur noch wenige, die Sagen lasen, und davon noch weniger, die sich damit beschäftigten. Der Herr war in den letzten Jahrhunderten toleranter geworden. Las er anfangs nur die christlich geprägten Volkserzählungen mit gottesfürchtigen Menschen, die sich gegen die Machenschaften des Teufels wehrten, so eignete er sich jetzt auch die heidnisch überlieferten Sagen an. Selbstverständlich beschäftigte er sich nur aus rein wissenschaftlichen Gründen mit Riesen, Drachen und Zwergen. Im Moment las er die Sage vom unterirdischen Fluss im Elbsandsteingebirge. In dieser Gegend, die Einheimische auch gern Sächsische Schweiz nennen, entdeckt ein Waldarbeiter eine Felsöffnung. Von Neugier getrieben geht er hinein. Nach einigen Minuten im düsteren Gesteinstunnel kommt er in eine große Grotte, in der sich ein hell erleuchteter Fluss befindet. An diesem Fluss wäscht ein Zwerg Gold und Edelsteine aus dem Wasser. Als der Zwerg den Mann sieht, erschrickt er und fällt in den Fluss. Der Zwerg wird von der Strömung mitgerissen. Er hat nicht die Kraft, um an das Ufer zu schwimmen.*

Es klingelte. Obwohl es Gott selbst verboten war, verfluchte er den Störer, der ihn aus dieser spannenden Sage riss. Ächzend erhob er sich von der Couch und setzte sich schwerfällig in seinen barocken Regierungsstuhl. Dann zog er die Tastatur des Computers an sich heran und tippte auf Eingang. Auf dem überdimensionalen Flachbildschirm erschien Mephistopheles vor dem Himmelstor. Er hatte eine dicke Akte in der Hand, und Gott wusste sofort, dass er wieder eine Seele in die Hölle holen wollte.

Der Herr ließ ihn ein, und wenige Minuten später stand der Teufel vor ihm. Im Original, ohne Verkleidung, wie Gott ihn geschaffen hatte.

Für alle, die noch keinen Teufel gesehen haben, hier eine kurze Beschreibung: Auf den beiden krummen Bocksbeinen befindet sich ein mittelgroßer, dünner, behaarter Körper. Hinzu kommt ein abgezehrtes Gesicht mit schwarzen Augen, geblähten Nüstern, vorstehenden Wulstlippen, spitzen Kinn mit spärlichen Bärtchen und natürlich Eselsohren und Hörner auf dem Kopf.

„Es handelt sich um Dietmar Herbst, geboren am 19. Mai 1948 in Dresden", begann der Teufel und legte dem Herrn ein Formular auf den Tisch.

„Was hat er getan?", fragte Gott.

„Er glaubt weder an Gott, noch an den Teufel."

„Das machen ja viele."

„Aber er schreibt darüber."

„Das ist etwas anderes." Gott zog das Formular an sich heran. Es war betitelt mit „Bestätigung zur Übernahme eines Menschen in die Hölle zur dortigen weiteren Verfügung", kurz: Bümdov.

„Und wie wird er sterben?"

„Es wird relativ schnell gehen", erwiderte der Höllensohn. „Er ist Diabetiker und bekommt einen Schwächeanfall. Wegen Unterzuckerung wird er ins Krankenhaus gebracht. Das ist nicht lebensgefährlich, aber dort hat Doktor Meier in der Notaufnahme Bereitschaft. Meier, wir nennen ihn in der Hölle Sterbefix, wird Herbst auf Herzinfarkt behandeln und das war's dann."

Gott zögerte. Irgendetwas hinderte ihn, seine Unterschrift auf das vorbereitete Formular zu setzen.

„Dietmar Herbst, von einem Dietmar Herbst lese ich gerade. Sag mal, ist es etwa der aus Dresden?"

„Ja, er ist Literaturwissenschaftler und sammelt Sagen."

Es sei an dieser Stelle eingefügt, dass der Teufel sehr wohl um Gottes Leidenschaft wusste und insgeheim hoffte, dass der Alte Herbst nicht kannte. Doch er irrte sich. Der Herr legte das noch nicht unterschriebene Bümdov-Formular zur Seite und gab den Namen und das Geburtsdatum des Wissenschaftlers in den Computer ein.

Es dauerte nicht lange, und Doktor Herbst erschien auf dem Monitor, abgebildet von Kopf bis Fuß, und dies im Vergleich zu seinem Anblick vor zehn Jahren. Im Raster zeigten sich ein Kopfhaarverlust von 38 Prozent sowie eine Gewichtszunahme von 15 Kilo. Hierbei waren besonders Hüften und Bauch schraffiert. Der Sagen sammelnde Herbst hatte das typische Aussehen eines Fünfzigers, der begonnen hat, Tabletten gegen Bluthochdruck zu schlucken und sich vorsichtig bei Feiern und Familienzusammenkünften nach guten Ärzten erkundigt. Kurzum, nicht einmal die himmlische Blickzeitung würde an einem Herzinfarkt zweifeln.

Mephistopheles wurde unruhig. Aus mehrtausendjähriger Erfahrung wusste er, dass Gott nicht nur gern Sagen las, sondern auch deren Hüter und Sammler begünstigte. Der Herr stieß ein kurzes „Hm" aus und rieb sich lange mit der linken Hand das Kinn. Dann fragte er: „Was macht er jetzt?"

„Er hält einen Vortrag über Sagen. Du kannst es dir ja ansehen. In den Sommerferien macht er das vor Urlaubern im Elbsandsteingebirge."

Gott schaltete seinen Computer auf Live um.

Mephistopheles spottete: „Kannst ruhig näher ranfahren, das Publikum wird dir nicht die Sicht nehmen."

Auf dem Monitor erschien jetzt Doktor Dietmar Herbst. An einem kleinen Tisch sitzend, las der Literaturwissenschaftler Frauen vor. Es waren drei.

Mephistopheles erläuterte: „In der ersten Reihe schläft seine 92-jährige Mutter. Die dahinter, die immer auf die Uhr schaut, ist die Veranstalterin und in der zwölften Reihe wartet die Reinemachefrau.

Er spricht schon zehn Minuten über Sagen aus dieser Region. Jetzt lässt er sich über den sächsischen Sagensammler Meiche aus."

„An den Professor Meiche aus Sebnitz kann ich mich erinnern. Leider hat er nicht die Sagen von Rübezahl in sein Buch aufgenommen."

Mephistopheles verdrehte die Augen wie ein pubertierender 13-jähriger, dem seine 28-jährige Mutter gerade die Gefahren mit Mädchen erklärt. „Mir reichen seine 1268 Sagen, die er 1903 veröffentlichte. Dir sei Dank, hat sich seitdem keiner mehr damit beschäftigt."

„Doch, er, Herbst.", *widersprach Gott und zeigte mit seinem berühmten Michelangelo-Finger auf den Monitor. Er hat sogar Sagen wiederentdeckt, die Meiches Vorgänger Gräße, Zienert, Störzner und Götzinger weggelassen haben."*

„Ja, lieber Gott, diese Sagen wurden weggelassen, weil sie heidnisch waren. Das ging gegen ihren Glauben und vor allem gegen den Glauben der Geldgeber. Wie sagt man? Wessen Brot ich ess, dessen Lied ich sing."

„Wir leben jetzt in einer anderen Zeit", *relativierte Gott.*

„Ach, ja?"

Herbst legte das Buch zur Seite und blickte erwartungsvoll zum Wachskerzenvertreter.

Doch der schwieg. Noch schlimmer: Er schwieg ratlos.

5

Während sich Dietmar Herbst im Landeanflug auf Rom befand, suchte Leander Zamann einen Parkplatz am Rand einer Pirnaer Kleingartensparte. Das Wegfahren eines Gartenfreundes bescherte ihn nach längerem Warten einen begehrten Platz im Schatten eines Baumes. Es war 14.30 Uhr. Zamann hatte den Hinweis von Kruber beachtet, dass Besucher eine Gartensparte nie in der Mittagszeit zwischen 12 und 14 Uhr betreten sollten. Die Mittagsruhe ist dort oberstes Vereinsgesetz. Wer dagegen verstößt, muss mit dem Schlimmsten rechnen: Tiefste Verachtung und nicht gegrüßt zu werden. Nur Vögel und Grillen dürfen in dieser Zeit Laute von sich geben. Doch auch sie werden mit missbilligenden, schläfrigen Blicken bedacht.

Am Maschendrahtzaun fragte der Ethnologe einen Gartenfreund, wo er den Vorsitzenden finden könne. Der kleine, hagere Mann, erhob sich in seinem Garten zwischen den Bohnenzeilen. Bedächtig wischte er sein Gartenmesser an der Hose ab, mit dem er in den letzten zehn Minuten 27 braune Nacktschnecken geteilt hatte. „Keine Ahnung, wo das Rind ist", sagte er. Dann bückte er sich wieder und widmete sich weiter dem Schneckenkillen.

„Ich dachte, der heißt Neumann", murmelte Zamann für sich und ging weiter. Als er außer Sichtweite des Schneckenmörders war, fragte er eine betagte Gartenfreundin, die frischen Pferdemist in ein Beet eingrub, nach dem Vereinsvorsitzenden. Bevor sie antworten konnte, sprang ihr Mann von einer Bank im Schatten auf, von wo er das Tun seiner Frau hilfreich beobachtet hatte. „Das kommt ganz darauf an, welchen du meinst", sagte er, „den alten oder den neuen?"

„Neumann."

„Die heißen beide Neumann."

„Das Rind, sagte mir jemand."

„Das Rind ist der alte, der wurde vorigen Monat abgesetzt."

„Dann würde ich gern den neuen Vorsitzenden sprechen."

„Bist du vom Film?"

„Nein, ich habe einen Auftrag von der Polizei. Es geht um die Gartenzwerge, die hier zerstört wurden."

„Ach so, die Zwerge, denen sie die Mütze abgehauen haben. Ich dachte, du bist vom Film. Hier soll nämlich ein Film gedreht werden, nach Karl May, mit Indianern, Trappern und so. Ich habe mich als Statist beworben. – Ja, wenn es nur um die Gartenzwerge gehen tut, dann kannste dich an den Blinden wenden."

„Ist das der andere Neumann?"

„So isses, der neue Vorsitzende."

„Und warum nennt ihr ihn den Blinden?

„Weil er blind ist."

„Und warum habt ihr ihn gewählt, wenn er blind ist?"

„Weil er wirklich blind sein tut."

Ungläubig fragte Zamann: „Wirklich blind?"

„Ja, er sieht nüscht."

„Wie funktioniert denn das?"

„Na, herrlich, weil er sich nur auf das verlassen kann, was man ihm sagen tut. Wir machen es wie die Natur bei den Ameisen und Bienen. Die Königinnen sehen auch nichts, außer beim einmaligen Sexausflug. Und das funktioniert seit Millionen Jahren. Da haben wir uns gedacht, lieber einen richtigen Blinden, als einen, der es anders sehen tut. Ach so, ich bin der Schmidt, Helmut. Kannst wie alle hier, Helmi zu mir sagen. Ich bin der Gartenfachberater."

„Zamann, Leander."

„Angenehm. Jetzt ist vieles mit dem Blinden besser, als vorher mit dem Rind."

„Und warum nennt ihr ihn Rind?", wollte nun Zamann wissen.

„Das kann man nicht mit einem Satz erklären, Moment mal." Der Gartenfachberater drehte sich zu seiner Frau um, die immer noch mit dem Eingraben des Mistes beschäftigt war, und rief: „Mechthild, pass auf das Stroh auf, dass es nicht so weit rausgucken tut! Du musst tiefer graben." Dann wandte er sich wieder dem Ethnologen zu. „Also, das mit den Rind ist so. Er isst nur Rindfleisch. Kein Obst, kein Gemüse, kein Schweinefleisch, kein Karnickel, keine Hühner. Nur Rindfleisch, immer nur Rindfleisch. Das ist aber noch nicht alles."

Helmi drehte sich kontrollierend zu Mechthild um und stellte zufrieden fest, dass auf dem letzten halben Meter kein Stroh mehr zu sehen war. „Ja", setzte er seine Erläuterungen fort, „er bringt die abgenagten Rindfleischknochen in den Garten und schnitzt daraus komische Figuren. Diese Kunstwerke, wie er die nennen tut, tut er auf lange Eisenstangen. Die steckt er in seinem Garten zwischen die Blumen und das Gemüse. Das hat bisher niemand weiter gestört, bis es immer mehr Stangen mit Knochen wurden und die dann ab 25 Grad zu stinken anfingen taten. Sein Gartennachbar, der Fritz, hatte sich mit fünf Liter Russenparfüm geschützt, das er mal von seiner Freundschaftsreise aus der Sowjetunion mitgebracht hatte. Doch als es verbraucht war, regte der sich auf und wollte die Abwahl vom Rind. Das war aber nicht einfach. Rind hatte nämlich mit den ihm hörigen Vorstandsmitgliedern das Delegiertensystem zu Wahlversammlungen eingeführt. Die Delegierten waren ja seine Freunde und taten ihn immer wiederwählen. Erst als seine aufgespießten Knochen alle Gartenfreunde angestunken haben, isser abgewählt worden. Nun jammerter rum, weil er nicht mehr Vorsitzender ist."

Helmis Erklärungen wurden durch Elektromotorenbrummen und darauf folgende laute Geräusche von knirschendem Holz unterbrochen.

„Das ist der Kurt, der tut wieder schreddern. Der tut das gerne. Also, wo waren wir stehen geblieben? Aja, Rind. Er hat Garteneinstufungen eingeführt. Fünf.

Erste Stufe: Kleingarten keine Beanstandungen. Sehr guter Pflegezustand. So einen Garten gibt es hier nur einen: seiner.

Zweite Stufe: Kleine Beanstandungen. Das kann eine lockere Zaunlatte sein oder wenn der Farbanstrich erneuert werden sollte. Da wurde eine Auflage erteilt. Und wenn der Termin nicht eingehalten wurde, war das eine Ordnungswidrigkeit und damit kostenpflichtig. Die meisten Gartenfreunde haben die Dritte Stufe. Das heißt der Garten ist noch in einem befriedigenden Zustand. Es gibt Verstöße, die sofort mit Ordnungsgeld geahndet werden. Zum Beispiel Pflanzen, Sträucher und Bäume, die nicht der kleingärtnerischen Nutzung entsprechen, dass brachte sofort Geld ein. Im Ordnungswidrigkeitenkatalog steht zum Beispiel: Hecke nicht auf 1,20 Meter geschnitten – 25 Euro, diese während der Vogelschutzzeiten gekürzt – 75 Euro. Abstand der Bäume zum Nachbarpächter nicht eingehalten – 50 Euro, wenn nicht entfernt – 75 Euro bei der ersten Mahnung. Neophyten nicht auf einen Quadratmeter eingegrenzt – 30 Euro und so weiter.

„Übrigens wollte er den Ordnungswidrigkeiten-Katalog noch aus aktuellem Anlass erweitern. Das Aufstellen von mehr als vier Gartenzwergen sollte 15 Euro kosten."

Zamann ergriff die Gelegenheit, um wieder auf sein Anliegen zu kommen. „Wer kann mir etwas zu den beschädigten Gartenzwergen sagen, der Vorsitzende konnte sie ja nicht sehen?"

„Das kann ich. Ich bin, wie gesagt, im Vorstand der neue Gartenfachberater.

„Wurde der alte Gartenfachberater auch abgelöst?"

„Erraten. Aber nicht wegen Knochen, sondern wegen fahrlässiger Körperverletzung. Das ist kurz erzählt. Ein Gartenfreund wollte von ihm einen Rat, wie er seine Wühlmäuse im Garten loswird. Und da hat er ihm im Scherz gesagt, dass er Kreuzottern ansiedeln soll."

„Und"

„Na ja, der hat es gemacht. – So, ich bring dich jetzt zu Hans seinem Garten. Der ist heute nicht da, aber ich weiß, wo der Schlüssel hängt."

Helmi schob sich zwischen der Ligusterhecke und Nachbars Zaun aus seinen Garten. Bevor er Zamann zu verstehen gab, dass er ihm auf dem mit Rasensteinen belegten Gartenweg folgen sollte, gab er seiner Frau noch einmal den fachmännischen Ratschlag, dass sie den Mist nicht zu flach eingraben solle. Zamann erinnerte sich an einen Spruch, den er vorher an einem Garteneingang gelesen hatte: „Der höchste Punkt im Garten ist der Arsch der Frau beim Unkraut jäten."

Der schmale Weg ließ ein Nebeneinanderlaufen nicht zu, so dass Zamann den weitausholenden, schnellen Schritten Helmis folgen musste.

„Sag mal", fragte Helmi kurz zurück blickend, „du rollerst so, wo tust denn du herkommen?"

„Aus Reykjavik."

„Ach so? Und ich dachte, dass du aus der Lausitz kommen tust." Nach einem exakt winklig abbiegenden Gartenweg sagte Helmi: „So, hier isses." Er griff seitlich hinter den Türpfosten und holte den an einem Haken hängenden Schlüssel hervor. Beim Aufschließen bemerkte er: „Am Tor müsste auch mal was gemacht werden."

Mit dem Öffnen des Gartentores eröffnete sich für Zamann eine Farbenpracht von Blumen und Sträuchern, von denen er die wenigsten kannte. Dazu kam der Duft von leuchtend blauem Lavendel, der ihn sofort an seinen Urlaub in der Provence erinnerte. Seine spontane Begeisterung: „Schön ist es hier, dieser Duft und die vielen kleinen Sonnenrosen", wurde sofort vom Gartenfachberater abgekühlt.

„Die kleingärtnerische Nutzung ist hier nicht gegeben, hier muss mehr Obst und Gemüse rein. Mindestens ein Drittel, sagt die Bundesdeutsche Kleingartenordnung. Und die vielen kleinen Sonnenrosen sind Topinambur, Neophyten, pfui Teufel."

Spontan zitierte Zamann Wilhelm Raabe: „Ein Freund ist jemand, der deinen kaputten Zaun übersieht, aber die Blumen deines Gartens bewundert."

„Der Spruch ist bestimmt nicht von hier", erwiderte Helmi.

Auf Zamanns Wunsch hatte die Polizei den Tatort noch nicht freigegeben, damit er alles besichtigen konnte. Hinter dem Absperrband, zwischen Rosensträuchern und Lavendel standen die Gartenzwerge. Allen vier fehlten die roten Mützen. Sie waren sauber abgetrennt worden.

„Obwohl es Zamann von Kruber wusste, fragte er: „Und das ist hier in der Anlage zum dritten Mal geschehen?"

„Ja, vorher beim Hans. Wir dachten, dass es sein Nachbar war, der Horst. Die haben sich in der Vergangenheit eine Baumschlacht geliefert." Zamann wurde nicht gefragt, ob er das wissen wollte.

„Also das war so: Horst hatte einen Essigbaum in seinem Garten. Der Schatten fiel auf das Nachbargrundstück zu Hans. Das störte den aber nicht. Hans seine Frau saß gern im Schatten dieses Baumes. Doch seit drei Jahren hat Hans eine neue Frau, die zwanzig Jahre jünger ist. Und die will nicht im Schatten sitzen, wie die vorherige Alte, sondern die will in der Sonne liegen. Und da sollte der Horst plötzlich den Essigbaum umhacken. Verständlicherweise wollte er das nicht. Also musste sich der Vorstand damit beschäftigen. Hans bekam Recht und Horst musste seinen geliebten Baum beseitigen. Er hat aber etwas vom Stamm stehen lassen. Kenner wissen, dass sich der Essigbaum unterirdisch bis hundert Meter ausbreiten kann. Und nun muss Hans Woche für Woche aus seinen Beeten heraussprießende Essigbäume ausgraben. Doch die Revanche ließ nicht lange auf sich warten. Aus Rache hat Hans nun seinen eigenem Pflaumenbaum umgesägt."

„Wo ist denn da die Rache", musste Zamann nun doch fragen.

„Na, weil der Horst einen gut tragenden Pflaumenbaum der Sorte ‚Gräfin Cosel' hat. Dieser Baum braucht einen Befruchterbaum, der zur gleichen Zeit blüht. Wenn das nicht gegeben ist, gibt's keine Pflaumen. Und der einzige Befruchterbaum im Umkreis von zwei Kilometern war der von Hans. Nachdem an der ‚Gräfin Cosel' keine Pflaume mehr wachsen tat, blieb dem Horst nichts weiter übrig, als schweren Herzens seine Gräfin zu fällen. Dafür hat er aber einen großen Holunderbaum gepflanzt. Und dazu noch jede Menge Nistkästen für Vögel angebracht, die sich an den Holunderbeeren gütlich tun. Seine Freude ist es nun, zur Holunderzeit zuzusehen, wie sich die weißen Gartenmöbel bei Hans blau einfärben."

„Könnte es Horst gewesen sein?" fragte Zamann und wies auf die zerstörten Gartenzwerge.

„Also wenn du mich fragst: Einer, der denen die Mützen absägt, kann nur ein Verrückter sein und kein Gartenfreund."

„So verrückt kann er aber nicht sein. Er muss sich in der Nanalogie auskennen."

„Was für eine Logie?"

„Nanalogie." Ungewollt fiel Zamann in seinen dozentenhaften Erklärton. „Nanalogie. Das leitet sich von dem griechischen Wort Nanos für Zwerg ab. Der Ursprung ist aber bei den heidnischen Völkern Nordeuropas. In der Snorra Edda aus dem dreizehnten Jahrhundert, auch Prosa Edda genannt, sind die Elfen in zwei Klassen geteilt. Die Licht- oder Weißelfen und die

Schwarzelfen. Die Weißelfen beleben die oberirdische Welt, während die Schwarzelfen, die mit Zwergen gleichzustellen sind, in der Unterwelt tätig sind. Während die oberirdischen Elfen zumeist Freude und Lust verbreiten, rackern die Unterirdischen, die Zwerge. Sie stellten Schmuck und Waffen her, schürften die dazu nötigen Erze und belieferten die Götter mit dem technischen Know-how. Freyr hatte das Kriegsschiff Skidbladnir, was nach Gebrauch wieder eingesteckt werden konnte. Odin den Speer Gungnir, Thor den Donnerhammer Mjöllnir, der nach dem Werfen wie ein Bumerang zurückkehrte und so weiter. Dabei kamen auch, wie sollte es anders sein, die Göttinnen und Göttergattinnen nicht zu kurz. Frau Sif Thor, die Sonnengöttin, erhielt eine Goldperücke von den Zwergen, die wie natürliches Haar wuchs."

Helmi dachte laut: „Wenn bei meiner Mechthild goldene Haare wachsen täten, da dürfte die nicht mehr zum Friseur."

Zamann erhöhte die Zuhörerspannung. „Es kommt noch besser. Freya, die germanische Göttin der Liebe, bezahlte das kostbare Halsband Breisingamen sozusagen im Dienst. Sie verbrachte mit jedem der vier Zwerge eine Nacht. Brokk und Sindri, ebenfalls Kunsthandwerker, schufen für Odin den Armring Draupnir. Dieser Ring hatte eine sehr schöne Eigenschaft. Jede neunte Nacht tropften acht ebenso schöne und kostbare Ringe von ihm ab. Von Zwergenhand ist auch der magische Ring Andwaranaut, der später zum Nibelungenhort gehörte. In Wagners Opernzyklus ‚Der Ring der Nibelungen' bildet er eine zentrale Rolle."

„In Opern tu ich nicht gehen, da sterben die doch immer auf der Bühne", kommentierte Helmi.

„Bleiben wir bei den Nibelungen", setzte der Völkerkundler unbeeindruckt von Helmis Einwurf fort, „Siegfried kämpft mit dem Zwergenkönig Alberich, der eine Tarnkappe besitzt. Siegfried bekommt sie als Dank, dass er den König der Zwerge am

Leben lässt. Unsichtbar kann er somit Gunter helfen, dass seine frisch geheiratete Brunhilde ihren ehelichen Pflichten nachkommt."

„Da muss der Gunter ein Schwächling gewesen sein. Ich habe bei Mechthild keine Hilfe gebraucht", warf Helmi ein.

Zaman beflügelte das zu weiteren Ausführungen. „In der Edda kann sich das Volk der Zwerge auch auf das kosmologische Erstgeburtsrecht gegenüber den Menschen berufen. Demzufolge sind wir Standardmenschen die Abweichung. Denn, so ist zu lesen, Gott schuf zuerst die Zwerge, damit sie Land und Berge bebauten. Dann die Riesen. Sie sollten die Zwerge vor wilden Tieren schützen. Doch die Riesen, wir wissen es aus Sagen und Märchen, waren meist dumm und faul und kamen dem Auftrag Gottes nur ungenügend nach. Nachdem reichlich Zwerge von wilden Tieren aufgefressen wurden, musste sich Gott eine Notlösung einfallen lassen. Er schuf ein Mittelding zwischen Zwergen und Riesen, den Menschen. In Erinnerung an den Ursprung der Erdbesiedelung wird die Himmelskuppel von vier Zwergen gehalten, deren Namen die vier Himmelsrichtungen sind."

Offensichtlich nutzte der Gartenfachberater das Erscheinen einer Katze, um sich Zamanns Vortrag nicht weiter anhören zu müssen. Mit einem freudigen: „Da ist ja wieder unsere Miezi!" begrüßte er die schwarz-weiß Gefleckte, die sofort auf ihn zukam und sich zum Streicheln auf den Rücken legte. Miezi begann bereits nach der ersten Streicheleinheit von Helmi laut zu schnurren.

„Das mit Miezi muss ich auch erklären", begann Helmi ungefragt. „Eigentlich sind Katzen hier verboten, wegen der Vögel und so. Wer sich mit ihr vom Rind erwischen ließ, wurde mit 20 Euro bestraft. Doch Miezi ist eine schlaue Katze. Die tauchte nur auf, wenn das Rind nicht in der Gartenanlage war. Sie war sozusagen unser Wachhund. Und nun stell dir vor: Alle sind der Meinung, dass Miezi nicht nur alles hören kann, sondern sie kann sogar lesen. Seit dem Tag, an dem im Schaukasten der Aushang war, dass das Rind nicht mehr Vorsitzender ist, seit dem bleibt sie auch in der Gartenanlage, wenn er kommt. Die geht jetzt sogar an seinen aufgespießten Knochen vorbei, mit hoch erhobenen Kopf."

Zamann, mochte keine Katzen. Insofern ging er mit der Bibel konform. Dort kamen keine vor. Selbst vor der Sintflut durften keine Katzen auf Noahs Arche anheuern. Während Miezi sich unter Helmis Händen reckte und streckte, untersuchte Zamann die mützenlosen Zwerge.

Zur Bestätigung fragte er: „Und immer wurde genau vier Zwergen die Kappe abgetrennt?"

„Ja", antwortete Helmi und kraulte Miezi am Kopf.

„Und jedes Mal lag auch das Buch Pantheon dabei?"

„Ja, das hab ich schon dem Kommissar gesagt."

„Da werde ich mich mal mit dem Verleger unterhalten", sagte Zamann, nachdem er den Garten vergeblich nach weiteren mystischen Gegenständen abgesucht hatte. Auf dem Rückweg zum Parkplatz folgte Miezi Helmi und Zamann. Und es schien so, als würde sie dem Gespräch der beiden über die seltsamen Vorgänge in der Kleingartenanlage aufmerksam zuhören.

6

Rom. Am Ausgang des Airports Rom-Ciampino parkte ein dunkler 7er BMW. In ihm saßen drei Männer, die ihre Gesichter hinter größtmöglichen Sonnenbrillen verbargen. Vorn am Steuer saß ein Deutscher namens Siegfried Meier. Er trug ein kariertes Cowboyhemd und graue, vom vielen Sitzen zerknitterte Hosen. Der gebürtige Chemnitzer, dann Karl-Marx-Städter, dann wieder Chemnitzer, konnte seine Aufregung schlecht verheimlichen. Immer wieder schaute er sich das Foto des Schriftstellers Dietmar Herbst auf seinem iPhone an. Sein Auftrag war, ihn so unauffällig wie möglich in ihr Auto zu bringen und dann zu verhören, was jetzt befragen hieß. Das war nichts Neues für ihn, doch wenn hier etwas schief ging, dann war er seinen Job los. Wehmütig dachte er an seine Genossen, die jetzt in Moskau arbeiteten. Er hätte bei ihnen sein können, wenn er nicht damals in Dresden, in der Kantine Bautzener Straße, einen Fehler begangen hätte. Er hatte sich über den KGB-Leutnant Putin lustig gemacht, der dort oft seine Kohlsuppe von der Babuschka löffelte. Statt Russisch, was er fast perfekt sprach, musste er sich im fortgeschrittenen Alter mit Italienisch abquälen. Weil das so Erlernte oft Heiterkeit und Missverständnisse auslöste, blieb seinem Chef nichts weiter übrig, als ihm deutschsprachige Gehilfen zu geben.

Meier reichte das Handy nach hinten zu zwei Italienern mit exakt gebundenen Krawatten, hellen Hemden und frisch gebügelten Anzügen. „Das ist er. Schaut ihn euch genau an."

Luigi, der Größere von beiden zweifelte. „Ist er das wirklich?"

„Das Foto wurde vor drei Stunden vor dem Abflug in Dresden gemacht. Auf meine IMs, ich meine natürlich verdeckte Ermittler, ist nach wie vor Verlass", antwortete Meier fast beleidigt.

„Ich würde auch zweifeln", bestätigte der neben ihm sitzende Carlo. „Für einen Deutschen ist er zu gut angezogen, mit dem Boss-Anzug."

Luigi widersprach Carlo sofort: „Das ist doch kein Boss-Anzug. Der trägt Armani, das sieht man doch am Schnitt."

„Das ich nicht lache, Armani. Hast du schon mal gesehen, das Armani so schmale Revers hat?"

„Die Revers sind nicht schmal, das sieht nur auf dem Foto so aus."

Carlo wurde wütend. „Und die Knöpfe? Hast du schon mal Knöpfe am Ärmel bei Armani gesehen? Ich nicht."

Luigi wurde laut: „E'piu' di un abito da Hilfiger e Hechter, ma mai da Boss!"

„Ihr sollt euch nicht seine Klamotten ansehen, sondern sein Gesicht!", fuhr Meier dazwischen.

Luigi erwiderte dienerisch: „Jawohl, Boss."

Carlo entspannte sich: „Boss, sag ich doch."

Plötzlich richtete sich Meiers Blick auf die linke Glastür des bogenförmigen Terminals. Aus ihr war ein anzugbekleideter Mann getreten. Er zog einen Rollkoffer hinter sich her, der abwärts laut auf die sieben Stufenabsätze polterte. Unten angekommen, schaute er sich nach einem Taxi um, das in dieser Gegend um die Mittagszeit selbstverständlich nicht zu haben war. Mit einem Blick auf das Handdisplay vergewisserte sich Meier noch einmal und sagte dann: „Das ist er."

Carlo und Luigi griffen gleichzeitig in ihre Jacken und entsicherten die Pistolen.

„Keine Gewalt", ermahnte Meier, obwohl er diesen Spruch seit 1989 hasste.

Der vatikanische Kerzenvertreter wunderte sich, dass er neuerdings von Sicherheitsleuten zum Vatikan begleitet werden sollte, wie ihm die beiden Herren kurz mitteilten. Das war für ihn beängstigend, aber gleichzeitig eine Ehre, die ihn ohne Argwohn in den BMW einsteigen ließ. Er lehnte sich selbstgefällig auf den Ledersitzen zurück und genoss seine Wichtigkeit bei den rasanten Überholmanövern auf der Via Appia Pignatelli und der Erode Attico. Erst als sie die Appia Antica überquerten und in die Via di Tor Carbone links abbogen, sagte der Kerzenvertreter, dass sie sich jetzt verfahren hätten.

Statt eine Antwort zu erhalten, schaute er nur in drei grinsende Gesichter.

Nachdem der Petersdom immer kleiner wurde und schließlich nicht mehr zu sehen war, wies er noch einmal freundlich auf den Irrtum des Fahrers hin. Diesmal erntete er kein Grinsen, sondern die schlichte Antwort Meiers: „Halt's Maul."

Der zwischen Luigi und Carlo Sitzende begann die Welt nicht mehr zu verstehen. Sie drehte sich von West nach Ost, von Nord nach Süd und hüpfte hoch und runter. Schließlich brach bei ihm die Erkenntnis durch: Er wurde entführt. Warum, das sollte er bei Centro Sportivo Tor Carbone erfahren. Meier vollführte eine Notbremsung, so dass sich die Hälse der Insassen wie bei Emus zu verlängern drohten.

Der Grund für den plötzlichen Halt war ein ganz einfacher. Vor ihnen stand ein weißer Mercedes quer zur Straße und neben ihm zwei Männer mit Maschinenpistolen vom Typ Kalaschnikow. Meier, der mit der Durchschlagskraft dieser Waffen vertraut war, fragte nicht, warum das Fahrzeug straßenverkehrswidrig stand. Die bewaffneten Männer sahen auch nicht so aus, als hätten sie ihm diese Frage beantwortet. Ein stämmiger, kleinwüchsiger und kahlköpfiger Mann kam hinter einem Gebüsch hervor, wo er seiner Blasenschwäche gehuldigt hatte. Noch mit einer Hand den Hosenstall zuknöpfend, richtete er eine Neun-Millimeter-Makarow auf Meier und schwenkte diese kurz zur Seite. Daraufhin stiegen Meier, Luigi und Carlo aus dem bisher sicheren BMW. Ihnen folgte der Kerzenvertreter, der sofort von den Untergebenen des Pistolenträgers in die Mitte genommen wurde. Die Geschwindigkeit, mit der er im weißen Mercedes landete, zeugte davon, dass die neuen Entführer in Übung waren.

Bevor sich der kleine Kahlköpfige neben den Kerzenvertreter setzte, fielen vier Schüsse aus seiner Waffe. Das war exakt die Anzahl der BMW-Räder.

Trotz der zischend entweichenden Reifenluft hörte Meier ein freundliches Doswidanja und musste mit Luigi und Carlo zusehen, wie der Mercedes mit durchdrehenden Rädern in Richtung Stadtzentrum davonschoss.

Während Meier den zehn Zentimeter niedrigeren BMW betrachtete, bewegte Carlo die Frage: „Die Schuhe vom Kahlkopf sind bestimmt von Scarosso"

Wieder reagierte Luigi sofort. „Dafür waren die Absätze zu hoch. Die sind Moreschi-Schuhe gewesen."

„Niemals. Die waren handgenäht. Entweder von Alden oder Gravati."

Meier achtete nicht auf das Streitgespräch. Er fühlte sich elend. So elend, wie alle sechstausend Sklaven zusammen, die vor rund zweitausend Jahren in der benachbarten Via Appia wegen ihres Aufstandes mit Spartakus gekreuzigt worden waren. In dieses Elend drang auch Bitternis. Von ehemaligen Waffenbrüdern ausgestochen zu werden, das lag wie Blei in seiner Brust.

7

Im Mercedes brauchte der Kerzenvertreter nicht *das Maul* zu halten. Im Gegenteil, er sollte nach der drohenden Aufforderung „Sprich, du Abtrünniger" reden.

Aber warum nannte der Kahlköpfige den Kerzenvertreter einen Abtrünnigen? Schließlich hat die russische Sprache, was Beleidigungen betrifft, noch viel kräftigere Worte. Der Kahlköpfige, den man in Fachkreisen Nikita nennt, weil er einem längst verstorbenen Staatschef ähnelt, glaubte nicht an eine Verwechslung. Meier war bei ihm für deutsche Gründlichkeit bekannt. Demzufolge war der Kerzenvertreter für Nikita zweifelsfrei der Schriftsteller Dietmar Herbst. Und dieser gehörte zu dem Volk, das sich 1989 vom Sozialismus abgewandt hatte. Er war also ein Abtrünniger. Für Nikita waren schon Genossen abtrünnig, die Waffen vom Klassenfeind benutzten. Damit ist auch erklärt, warum er immer noch eine Makarow benutzte, deren Rückschlag oft eine Beule an seiner Stirn verursachte. Zusammengefasst; Der Kerzenvertreter hatte kein Mitleid zu erwarten.

„Ich habe keine Tarnkappe von einem Albert", versicherte er verzweifelt. Und immer und immer wieder beteuerte er: „Ich bin kein Schriftsteller. Ich kenne nur eine Schweiz, die, wo man Geld hinschafft, keine Sächsische Schweiz. Ich kann mich auch nicht unsichtbar machen. Ich bin nur der Vertreter einer Kerzenfabrik, die den Vatikan beliefert."

Während diesen Beteuerungen wurde seine Luftröhre zeitweise verengt, seine Gelenke auf Rundumbeweglichkeit geprüft und seine Bauchdecke mehreren Stoßtests unterzogen. Schließlich, als sie auf der Via dei Fori Impereriali am Forum Romanum vorbei fuhren und der Kerzenvertreter verschwommen die Trajanssäule sah, gestand er. Er gab zu, dass die echten deutschen Wachskerzen für den Vatikan zwar von seiner Firma kamen, aber nicht dort, sondern in China hergestellt wurden.

Nach diesem Geständnis wurde dem Kerzenvertreter mit einem derben russischen Fluch, den der Autor aus Gründen des Jugendschutzes nicht wiedergeben möchte, aus dem Auto geholfen.

Mit dem vom Eiskunstlauf bekannten Dreifachen Rittberger kam er auf der Straße vor dem Kolosseum zum Erliegen. Die römischen Autofahrer, die mit Straßenmillimetern umgehen können, umfuhren ihn geschickt. Sie glaubten an eine Zirkuswerbung der besonderen Art und warfen dem am Boden liegenden Euromünzen zu.

8

Am Ausgang des Airports Rom Ciampino parkte nicht nur ein dunkler 7er BMW mit drei Männern, die auf den Schriftsteller Dietmar Herbst warteten. Als Meiers Helfer den Kerzenvertreter in das Fahrzeug schoben, waren Katharina und Anne nur wenige Meter entfernt. Sie saßen in einem Fiat Uno, der aussah, als könne dieser von Tornados, Erdbeben und Schrottpressen berichten – also in einem für Rom eher unauffälligen Auto.

Dass Anne wieder in Rom war, war das Resultat der Überredungskünste von Doris. Sie wollte die Nanophysikerin bei der Suche nach dem Tarnmantel bei sich haben. Wider Erwarten hatte Annes Chefin in Berlin Verständnis für die frisch geschiedene Anne. Sie genehmigte sofort die beantragte Auszeit. Auch, weil sie wusste, dass mit Frauen in der Sich-Neu-Finden-Phase ohnehin nicht viel anzufangen ist. Zwischenzeitlich meldeten sich auch Annes Exmänner häufiger. Besorgt boten sie ihr Hilfe an, was sie immer dankend ablehnte. Beiläufig erzählte sie Peter und Leander, dass sie zu einer Lesung aus dem Buch „Pantheon" in den Vatikan eingeladen ist. Darauf reagierten die beiden sonderbar. Als sie ihre Männer bei den folgenden Telefongesprächen verdächtigte, mehr an dem Buch und dem Autor, als an ihr interessiert zu sein, waren sie ausgewichen. Obwohl es die beiden abstritten, war es für Anne offensichtlich, dass ihr etwas verschwiegen wurde.

Katharina zog den Autoinnenspiegel zu sich. Sie zupfte nervös an ihrer Nonnenkleidung herum und nestelte an dem kleinen Haarbüschel vor der Haube.

Anne zog den Innenspiegel auf ihre Seite zurück und fragte gereizt: „Brauchst du vielleicht noch einen Lippenstift?"

Katharina brauchte diese Frage nicht zu beantworten. Doris kam.

„Mein Gott, hat die sich gestylt", rief Anne aus.

Tatsächlich kam Doris in einem Outfit, das sogar die Römerinnen die Luft anhalten ließ. Doris Kant, die im Berufsleben gezwungen war, sich in strengen, dunklen Kostümen oder Hosenanzügen zu bewegen und später in der einfarbigen Schwesternkleidung, war nicht wiederzuerkennen. Ihre blonden Haare, die natürlich nicht echt waren, wie bei den meisten Blondinen, hatte sie wie ein Seidentuch auf die linke Schulter gelegt. Die weit geöffnete, knallgelbe Bluse, aus der sich sehr wahrnehmbar der Ansatz vom BH abhob, ließ Wohlgeformtes erahnen. Den nur wenig mehr als gürtelbreiten Rock trug sie in der diesjährigen Sommerfarbe Petrol.

Die Männer in der Nähe liefen langsamer und verdrehten die Köpfe wie Eulen. Sie starrten auf die hohen Absatzschuhe und auf die schlanken langen Beine, die wie zwei Hochspannungsleitungen zu einem Atomkraftwerk zu führen schienen. Dass diese Frau auf einen Mann zuging, der soeben aus dem Terminal gekommen war, ließ die Männer erneut innehalten. Allen war aus den Gesichtern zu lesen: Was hat der, was ich nicht habe?

Nur einer stellte sich diese Frage nicht: der Autor Dietmar Herbst. Er fragte sich nur, ob die Nonnen in Rom anders gekleidet sind als bei ihm in den neuen Bundesländern. Als sie dann mit ihm auf ein rotes Mercedes-Cabrio zugingen, wurde diese Frage erweitert: „Haben hier alle Nonnen solche Dienstwagen?"

„Nein", antwortete Doris, „Der gehört meiner Freundin. Meiner ist schwarz, er hätte nicht zu meiner Kleidung gepasst."

„Aha", sagte der Schriftsteller und stieg in den Zweisitzer.

Was dann auf den Straßen vom Airport zum Vatikan geschah, erinnerte ihn zunehmend an französische Filme mit Luis de Funes, der bei einer Ordensschwester mitfuhr. Der Unterschied war lediglich, dass Doris nicht 50, sondern 350 PS zur Verfügung hatte. Trotz hoher Fahrzeugdichte, was besser klingt als Stau, erreichten sie den 20 Kilometer entfernten Vatikan in einer Zeit, als hätten sich keinerlei Fahrzeuge auf dieser Strecke befunden. Dass sie dabei noch Zigaretten rauchte und telefonierte, sei nur nebenbei erwähnt. Es soll auch nur nebenbei erwähnt sein, dass an diesem Tag in den Polizeistationen Roms über 100 Anzeigen zu einem tieffliegenden roten Kleinflugzeug ohne Kennzeichen eingingen.

Während Doris den Schriftsteller zum Zentrum von Rom fuhr, spielten sich im Fiat Uno ergreifende Szenen ab. Mit Tränen der Wut in den Augen, hämmerte Katharina auf das unschuldige Armaturenbrett ein. Anne, die befürchten musste, dass dabei das schmale Kunststoffteil zum Motorraum durchgeschlagen werden könnte, warf sich dazwischen.

Weil sich Katharina nun nicht mehr mit den Fäusten abreagieren konnte, tat sie es jetzt mit Worten: „Dieses Miststück! Und uns erzählt sie, dass sie keine Männer mag. Wenn ich die zwischen die Finger kriege..." Es folgten Flüche der Verdammnis auf Doris, die selbst in der Hölle eine Bereicherung gewesen wären. Erst als Doris anrief, entspannte sich die Situation. Zwischen Fahrtwindgeräuschen und dem lauten Lärmen von Autohupen teilte sie ihnen mit, dass sie den Schriftsteller in Sicherheit bringen musste. Aus zuverlässiger Quelle hätte sie erfahren, dass Herbst am Flughafen oder auf dem Weg zum Vatikan entführt werden sollte.

Nach dieser Nachricht waren die beiden Frauen im Fiat beruhigt. Doch bei Katharina blieb ein Rest Misstrauen. Sie sagte zu Anne: „Dass sie so handeln musste, verstehe ich ja, aber muss man sich dazu so scheußlich anziehen?"

9

Zamann hatte die Kleingartenanlage verlassen und fuhr mit genau fünfzig Stundenkilometern einem Skodafahrer mit Hut hinterher. Dieser hatte das Ortsausgangsschild von Königstein übersehen und schlich mit unveränderter Geschwindigkeit dem Ortseingangsschild von Pirna entgegen.

Hinter einer Kreisverkehrsinsel, die der vor ihm fahrende als verkehrsberuhigende Zone deutete, stand ein VW-Bus und an ihm drei Zollbeamte. Der Fahrer mit Hut durfte weiter nach Pirna, der ohne Hut nicht. Von seinen Aufenthalten in den USA wusste Zamann, dass man bei solchen Kontrollen die Hände auf das Armaturenbrett legen sollte, bis sich die Ordnungshüter sicher waren, dass er nicht schießen würde. Andererseits gab es noch die DDR-Erfahrung, sofort auszusteigen und unaufgefordert seine Papiere, auch Fleppen genannt, zu überreichen. In diesem Wissenszwiespalt öffnete Zamann die Fahrertür und hob die Hände. Diese Geste löste bei dem Beamten, der von seinen beiden Kollegen mit der rechten Hand am Pistolenhalfter gesichert wurde, keine Erleichterung aus, sondern Misstrauen. Er betrachtete die Kisten auf den Rücksitzen, die mit Zucchini, Gurken, Kirschen und Äpfeln gefüllt waren.

„Handeln sie damit?"

„Nein, das habe ich alles von Gartenfreunden geschenkt bekommen."

„Und warum?"

„Die wollten es los sein."

„Was haben sie im Kofferraum?"

„Zeitige Kartoffeln."

„Auch geschenkt", fragte der Beamte, wobei zu hören war, dass sich sein misstrauischer Ton verstärkte. Zamann hätte darauf nur mit dem Kopf zu nicken brauchen, gemäß dem

Sprichwort: „Wenn der Kuchen spricht, hat der Krümel zu schweigen." Ein „Ja" wäre auch noch möglich gewesen. Doch er sagte: „Nein, die Kartoffeln soll ich Peter Kruber in Pirna geben, weil er zu den Kleingärtnern so freundlich war."

Diese Antwort entsprach zwar der Wahrheit, kam aber völlig falsch in den Ohren seines Gesprächspartners an. Seine Augenlieder schoben sich herab, so dass er nur noch aus schmalen Schlitzen auf den Verdächtigen blickte. In diesem Moment, in dem die Welt still zu stehen schien, begann es zu knurren. Es kam von einem Schäferhund. Nun griff auch Zamanns Gegenüber zum Gesäßbereich und knöpfte die Pistolentasche auf.

Konzentriert verfolgten die Zöllner wie der Hund, den man wegen seines hellen Aussehens und aus historischer Unwissenheit Blondi getauft hatte, das Fahrzeug umkreiste. Blondi, die später auf höheren Befehl nicht mehr so gerufen werden durfte, sondern Rosi, blieb schließlich auf der Beifahrerseite stehen und bellte die Zucchini an.

In Vorbereitung einer vorläufigen Festnahme baute der Uniformierte Zamann eine Brücke. Er zeigte auf Rosi mit der Bemerkung: „Das ist ein frisch ausgebildeter Drogenhund. Wollen Sie uns jetzt etwas sagen?"

Zamann wusste nicht, was er den Beamten sagen sollte. Er ahnte, dass es schlimm kommen konnte, und es kam schlimm. Es dauerte nur wenige Minuten, bis neben dem Auto das von den Gartenfreunden so sorgfältig und liebevoll eingeschichtete Obst und Gemüse lag. Mit verlängerten Schaschlicksspießen durchbohrten die Helfer des Befragers das Obst in sehr kleinen Abständen, während er jetzt den Ort des Geschehens sicherte.

Nach einer Viertelstunde verdüsterten sich die Blicke der Beamten, und es mehrten sich die vorwurfsvollen Blicke auf den Drogenhund, der jetzt starr auf den Kofferraum blickte, was die letzte Chance für ihn und damit auch für die Beamten war.

Zamann musste den Kofferraum öffnen, um den Blick auf die Kartoffeln freizugeben. Doch es waren nicht nur die Abern, wie die Lausitzer sagen, zu sehen. Mit großen Augen schaute Miezi heraus, und Rosi begann drohend zu knurren.

Miezi reagierte schneller. Mit einem gewaltigen Satz sprang sie aus dem Kofferraum und rannte in den Wald. Den Gesetzen der Natur folgend, jagte der Hund hinterher. Dagegen konnten auch die Bediensteten vom Zoll nichts tun. Verzweifelt rief Herrchen befehlend: „Zurück, Rosi! Rosi!! Rosi!!!"

Rosi hörte nicht. Mit den Vorderpfoten stand sie aufgerichtet an einer Fichte und bellte wütend die Katze an, die sich drei Meter höher am Stamm festgekrallt hatte.

Auch Miezi hörte nicht auf Rosi. Geringschätzig sah sie auf das unter ihr befindliche Wesen, das nicht klettern konnte.

In dieser Patt-Situation telefonierte der Ranghöchste, es war Zamans Gesprächspartner, mit seinen Vorgesetzten. Nach einer langen Telelefonkonferenz winkte er Herrchen, der von den Rosi-Rufen bereits eine krächzende Stimme hatte, zu sich und sagte: „Aber nur einmal und nur leise."

Herrchen ging an den Waldrand und rief leise: „Blondi."

Die Schäferhundin ließ von Miezi ab und kehrte widerwillig zu den Beamten zurück. Dass sie bei ihrer Ankunft kein Leckerli bekam, erhöhte ihren ohnehin schon vorhandenen Groll auf Katzen. Der Groll der Zöllner, das sei zu ihrer Verteidigung mitgeteilt, wurde nicht an den Hund oder Zamann weitergeleitet, sondern an die Blechtüren des VW-Busses. Die Türen laut zuschlagend, entfernten sie sich vom Ort ihrer dienstlichen Handlung.

Wieder allein, stand Zamann am Auto und überlegte, ob er das um ihn herumliegende, aufgestochene, sich allmählich entsaftende Obst wieder einladen sollte. Während dieser

Überlegung spürte er an seinen Hosenbeinen eine streifende Berührung: Miezi. Ihr aufschauender Blick teilte ihm mit, dass er ihr nicht böse sein soll, weil sie ihm eine kleine Ungelegenheit bereitet hatte. Zamann atmete schwer durch. Während er das noch brauchbare Obst und Gemüse wieder in Kisten lud, beschäftigte ihn die neue Herausforderung: Wohin mit Miezi, die bereits auf dem Beifahrersitz saß und gestreichelt werden wollte. Zurückzufahren war nicht mehr möglich. Er musste pünktlich bei Silbernagel, dem Verleger des „Pantheon" sein.

Zamann parkte sein Auto in Pirna, was nicht einfach war, und für diese Stadt spricht. Zu DDR-Zeiten fuhr man hier schnell durch – die Luft an- und die Nase zuhaltend – um in die Sächsische Schweiz zu gelangen oder im tschechischen Hrensko Juicebüchsen und Bier zu kaufen. Jetzt kann man in Pirna, das wieder historisch und kulturell mit Dresden konkurriert, verweilen. Man muss nur noch nach Hrensko oder durchs Bahratal fahren, wenn man wegen Benzin, Zigaretten oder Crystal zur deutsch-vietnamesisch-tschechischen Grenze will.

Der Verlag, in dem Dietmar Herbst sein „Pantheon" veröffentlicht hatte, befand sich in der Schmiedestraße, neben dem Geburtshaus des Dominikanermönchs Johannes Tetzel. Der war einst durch seinen Spruch „Der Taler in der Kasse klingt, die Seele in den Himmel springt."unrühmlich berühmt geworden. Bekanntlich wurde sein perfektionierter Ablasshandel auf Betreiben des Reformators Luther eingestellt, was der Vatikan dem Luther bis heute nicht verzeiht. Bekannt ist auch, dass drei Jahrhunderte später der Ablasshandel wiederbelebt wurde – in Form von Versicherungen.

Der Verleger Silbernagel empfing den Ethnologen sehr verwirrt. „Bei mir ist eingebrochen worden, ich weiß aber noch nicht, was fehlt", sagte er und wühlte in seinen struppigen, grauen Haaren, als wolle er sich diese wegkratzen. Dabei schaute er abwechselnd auf die an den Wänden stehenden leeren Regale und den Fußboden, wo die heruntergeworfenen Bücher und Akten lagen. Um sich nicht bücken zu müssen, was dem fast quadratisch gewachsenen 160-Zentimeter-Mann sicherlich schwergefallen wäre, schob er mit den Füßen den Weg für Zamann auf den Holzdielen frei. Dabei murmelte er: „Ich frage mich, was die hier in meinen Akten und Manuskripten gesucht haben."

„Und die Polizei", fragte Zamann.

„Die war kurz hier, musste aber wieder weg. Normalerweise wollten sie heute zwei Drogendieler festnehmen, einen Puff ausheben und drei Skodas suchen. Das musste aber alles abgeblasen werden. Einem Abgeordneten ist das Fahrrad gestohlen worden."

Zamann fragte vorsichtshalber: „Können wir trotzdem über das Buch reden?"

„Natürlich können wir über Herbst und sein Machwerk reden. Der Tag ist sowieso versaut."

Silbernagel schob ihm einen gepolsterten Stuhl zu und fiel in das gegenüber stehende verschlissene und sachsengrüne Plüschsofa, in dem Motten zu vermuten waren.

„Ihre Meinung zum ‚Pantheon' klingt ja nicht gerade autorenfreundlich."

„Dazu gibt es auch keinen Grund, bei den Verkaufszahlen" antwortete der Verleger gereizt. „Ich hätte es ahnen müssen. Statt diesen Sagenstoff historisch aufzuarbeiten, spinnt er sich die Sache mit den Zwergen am unterirdischem Fluss und Mephistopheles zusammen." Seine Gereiztheit steigerte sich in Richtung Wutausbruch. „Ich habe ihm sogar Dokumente aus dem Staatsarchiv Dresden besorgt. Die hat er sich nicht mal angesehen."

Zamann beugte sich vor, wie immer, wenn er mehr wissen wollte.

Silbernagel wartete nicht auf eine weitere Frage. „Zum Beispiel lebte dort, wo die Sage am unterirdischen Fluss handelt, ein gewisser Gottlieb Schaarschuch. Er wurde 1804 in Hohnstein wegen falscher Wahrsagerei angeklagt. Kurz die Geschichte: Einem Bauern wurden damals Holzstangen, sogenannte Vermachstangen, vom Feld gestohlen. Schaarschuch sollte ihm sagen, wer der Dieb war. Der Wahrsager riet ihm, auf einem Brett eine Figur zu zeichnen. In diese sollte er Nägel einschlagen. Der Dieb würde die Schmerzen der eingeschlagenen Nägel spüren. Folglich würde er sich nach dieser Vodoo-Behandlung stellen. Die Akte dazu befindet sich im Staatsarchiv Dresden, unter dem Zeichen ..."

„Wenn Schaarschuch wegen falscher Wahrsagerei angeklagt war, dann bedeutet das im Umkehrschluss, dass er bisher die Wahrheit gesagt hatte?"

„Diese Vermutung liegt nahe. In diese Richtung sollte Herbst schreiben, zumal sich auch Schaarschuchs Enkel mit der Wahrsagerei und Reinkarnation beschäftigte. Er war im Nationalsozialismus bei Himmler in der Hexenforschung tätig. Da er SS-Mitglied war, wollten ihn die Russen 1945 erschießen. Ihn retteten jedoch seine Russischkenntnisse, die er sich auf seinen Asienreisen von 1939 bis 1941, die ihn bis Tibet führten, angeeignet hatte."

„Er war in Tibet?"

„Ja, er sollte die Reinkarnation am Heiligen See Lhamoi-Lhatso, auf dessen Wasseroberfläche 1938 die drei tibetischen Buchstaben: Ah, Ka und Ma gesehen wurden, erforschen. Bekanntermaßen führten diese Zeichen zum damals zweijährigen Lhamo Thöndup, dem späteren Mönch Tenzin Gyatso, der heute der 14. Dalai Lama ist."

„Da können ja Reisen auch das Leben retten."

„1968 hatte ihn das nicht geholfen. Da wurde er bei Hinterhermsdorf, an der Grenze zur damaligen Tschechoslowakischen Sozialistischen Republik, erschossen. Das war, als die DDR wegen der Tschecheikrise, wie man es nannte, abgeriegelt war. Wie es zu Schaarschuchs Tod kam, ist nie geklärt worden. Das alles sollte ins Buch, aber was macht er, er rührt alle Zwergensagen zusammen und romantisiert das mystisch mit dem Teufel. Und es kommt ja noch schlimmer. Ich habe hier sein Manuskript für den zweiten Teil von ‚Pantheon'. Er stellt darin die Hypothese auf, dass der Nibelungenschatz hier in der Sächsischen Schweiz war. Der Zwerg Alberich hätte dem Mann am unterirdischen Fluss eine Tarnkappe gegeben. Damit konnte er überall unbemerkt dabei sein und demzufolge wahrsagen. Herbst behauptet, dass er dafür Beweise habe."

Nun war es auch an Zamann zu zweifeln. „Beweise für die Existenz einer Tarnkappe?"

„Ja, ich kann es ihnen zeigen. Er hat seine Manuskripte immer in rote Hefter geklemmt. Seitdem verstehe ich auch den Ausspruch: Ich sehe rot."

Silbernagel quälte sich aus der Sofamulde und begann, auf dem Fußboden nach dem Manuskript zu suchen. Während der Verleger über die Dielen kroch, beobachtete Zamann, wie sich die Spiralfedern unter der Sitzfläche des Sofas langsam nach oben streckten. Als sich der grüne Plüsch gespannt hatte, fragte er: „Wie ist denn die Tarnkappe, die Siegfried besessen haben soll, wieder von Worms in die Sächsische Schweiz gekommen?"

„Das habe ich ihn auch gefragt. Und was hat er geantwortet? Zwerg Alberich sei nach dem Tod Siegfrieds wieder mit der Tarnkappe in seine Heimathöhle zurückgekehrt. Und hier, an diesem sagenhaften unterirdischem Fluss hat er dem Waldarbeiter aus Dankbarkeit, weil er ihm das Leben gerettet hat, die Tarnkappe gegeben."

„Das wäre durchaus logisch."

„Ach, Unsinn", keuchte Silbernagel von der Dielung und leuchtete mit einer Taschenlampe unter die Schränke. Nachdem er im Zimmer weitere drei Runden auf allen Vieren herumgekrochen war, stellte er fest: „Sein Manuskript mit der Karte ist weg."

„Was für eine Karte?"

„Wo seiner Meinung nach der unterirdische Fluss sein soll. Ich habe die nicht mit in das Buch drucken lassen. Seine Beschreibung genügte mir."

Als Zamann zu seinem Auto zurückkam, war auch Miezi verschwunden. Das hätte ihm durchaus Freude bereitet, wenn nicht die Seitenscheibe seines Autos zertrümmert gewesen wäre. Später würde er erfahren, dass Tierschützer die Katze aus dem Auto geholt hatten, weil sie vermuteten, dass sie im Innenraum an Luftmangel leiden würde.

Während er mit ungewollter Seitenfensteröffnung nach Dresden fuhr, wurde Miezi im Katzenheim entmiezt und geimpft gegen Würmer, Flöhe, Schnupfen, Tollwut, Leukose, Katzenseuche und Aids.

10

Beeindruckt stand Dietmar Herbst vor der Hippolytstatue, am doppelläufigen Treppenaufgang der Vatikanischen Bibliothek. Vorher, das konnte der Schriftsteller nicht wissen, hatte der in Marmor gemeißelte Bischof Hippolyt die Besucher mittig begrüßt. Man hatte jedoch die Gelegenheit einer Renovierung genutzt, um ihn an die rechte Seite zu schieben. Es hatte sich nämlich herumgesprochen, dass seine Verewigung aus einer antiken Frauenstatue entstanden war. Jetzt konnte das zölibatfeindliche Kunstwerk keinen Schatten mehr auf dem heiligen Marmor werfen.

Schwester Doris, jetzt wieder im züchtigen dunklen Habit, begleitete den Schriftsteller. Sie hatte ihm in der Segreterla eine elektronische Karte besorgt, mit der er die Vatikanische Bibliothek betreten konnte. Mit dieser „Red Magic Card" ausgestattet, überwanden beide auf wundersame Weise alle Zugangskontrollen bis zum Sala di Consultazione. Hier wurde Herbst von dem Geborgenheitsgefühl ergriffen, das für ihn schon immer mit alten Bibliotheken verbunden war. Für etwa 100 Leser gab es die schönen alten Holztische, die unbequemen Stühle und die mit Büchern gefüllten dunklen Holzregale, die er so liebte. Im Salon Sistino bot sich ihm im ersten Moment ein unübersichtliches Spiel von bunten, hellen und klaren Farben, die, durch vierzehn Fenster kraftvoll belichtet, zur Entfaltung kamen. Die bis in die letzte Ecke des Raumes reichenden Fresken mit ihren Mythen und Bedeutungen verwirrten ihn ebenso, wie die 45 Marmorimitationen in den Wandzonen zwischen den Darstellungen der großen Bibliotheken des Altertums. Als er zwischen den lebensgroßen Pfeilerfiguren, den Erfindern der Alphabete, stand, gab ihm Doris Neuigkeiten zur bevorstehenden Lesung bekannt: „Es gibt eine gute und eine schlechte Nachricht."

„Die Gute zuerst" sagte Herbst in der Hoffnung, dass sich zwischenzeitlich die schlechte in eine gute verwandeln würde.

„Die gute ist", verkündete Doris, „dass alle Botschaften im Vatikan Einladungen zu Ihrer Lesung erhalten haben."

„Und die schlechte?"

„Der Heilige Vater wird nicht kommen, lässt aber Grüße ausrichten, auch in deutscher Sprache."

An dieser Stelle gestatten Sie mir bitte eine Erklärung. Im Verlauf der weiteren Handlung werden Dinge geschehen, die möglicherweise schwer nachvollziehbar sind. Deshalb müssen jetzt mindestens zwei Fragen beantwortet werden. Erstens: Was war zwischen der gestrigen Fahrt vom Flughafen und dem heutigen Eintritt in den Vatikan geschehen? Zweitens, wo sind die Mitverschwörerinnen Anne und Katharina?

Beginnen wir bei Erstens. Die erotisch begierigen Damen und Herren muss ich enttäuschen. Doris und Dietmar haben sich nicht berührt. Berührt hatte lediglich ihre Bluse die Tomatensoße von Dietmars Spaghettiteller beim Mittagessen im „Gli Artisti" in der Via Degli Scipioni, achthundert Meter von der Mauer des Vatikans entfernt. Bei der dortigen einsamen Übernachtung musste er erfahren, dass die 50 Meter entfernte U-Bahn auch nachts im 20-Minuten-Takt fuhr. Er hätte ohnehin vor Aufregung kaum schlafen können. Nur einmal war er kurz eingeschlummert. Im Traum sah er den Papst vor sich. Immer wenn Herbst vom Teufel aus seinem Buch las, schüttelte sich der Heilige Vater und bespritzte ihn mit Weihwasser. Als Herbst bis zum Hals im Wasser stand, war er froh, dass er von einer erneuten Metro-Erdschütterung aus diesem Alptraum gerissen wurde.

Logisch wäre auch, und damit kommen wir zu Zweitens, dass Katharina den Schriftsteller in und durch den Vatikan geführt hätte. Das dies Doris übernahm, ist nur mit den vatikanischen Strukturen, die denen außerhalb des kleinsten Staates der Erde ähneln, zu erklären. Aus Erfahrung wissen wir, dass meist nicht die gewürdigt werden, die eine Idee haben, sondern diejenigen, die die Möglichkeiten zur Realisierung besitzen. Katharina hat zwar die Einladung zur Lesung initiiert, doch sie war nur eine Gläubige im sozialen Bereich. Doris, die gelernte Bankkauffrau, hatte dank ihrer Beziehungen alles in die Wege geleitet. Unerwähnt darf auch nicht bleiben, dass Dietmar Herbst in Rom eine Wiederbelebung der Jugendliebe versucht hatte. Er lud Katharina in sein Hotel zum Abendessen ein. Natürlich war das von ihm ungeschickt. Er hätte sich denken können, dass sie ein so direktes Angebot ablehnen würde. Pragmatiker hätten das über die Besichtigung einer kirchlichen Einrichtung probiert. Zu Herbsts Verteidigung muss gesagt werden, dass er es anfangs auf genau diese Weise hinbekommen wollte. Doch das ist in der ewigen Stadt kaum möglich. Im Gegensatz zu anderen Lokalitäten, schließen hier die Glaubenseinrichtungen pünktlich um 19 Uhr. Anscheinend deshalb, weil die zu beichtenden Dinge häufig erst danach passieren.

Soweit zu den zurückliegenden Ereignissen und einer kurzen Erklärung, warum es so und nicht anders gekommen ist. Kehren wir nun wieder zum Ort des Geschehens zurück, zu Doris und Dietmar in den Salone Sistino.

Doris wies den Schriftsteller in der hebräischen Bibliothek auf das Fresko im Osten des Raumes hin. Über „MOSES LIBRUM LEGIS LEVITIS IN TEBERANACULO REPONENDUM TRADIT", gab Moses den Leviten die Anweisung, seine Gesetzestafeln zur Bundeslade zu schaffen. Moses Gesichtsausdruck war so dargestellt, als traue er den Leviten den sicheren Transsport nicht zu. Der von Gott beauftragte ähnelte einem heutigen Bürger, der eine Umzugsfirma beauftragt. Vielleicht befürchtete er auch, dass er noch einmal auf den Berg Sinai steigen musste, um von dort die noch vom brennenden Dornenbusch aufgeheizten Gesetzestafeln herunter zu schleppen.

Beim Betrachten dieses Kunstwerkes kam ihm sein Vater in den Sinn. Bevor er ihn in der Kindheit verprügelte, rief er fast immer: „Dir werde ich die Leviten lesen!" Dabei war er sich sicher, dass sein Vater damals beim Herausziehen seines Ledergürtels aus den Hosenschlaufen nicht an Moses gedacht hatte. Die Schlussfolgerung, dass Moses Anweisung an die Leviten, auch eine Anweisung an den Heiligen Stuhl war, eine Bibliothek einzurichten, erschien Herbst etwas weit hergeholt. Wie dem auch sei, er der Glaubenslose, dankte Moses und den Päpsten für die Bücher der Welt und den Künstlern, die allem einen würdigen Rahmen gegeben hatten.

Hier, das stellte er schnell fest, war es anders als in den Museen, die er bisher besucht hatte. Hier konnte er sich nicht zwei oder drei Meisterwerke aussuchen, die ihm besonders gefielen und die er in seinem Gedächtnis behalten wollte. Sich hier nur wenige auszusuchen, war unmöglich. Er hätte sich alle einprägen müssen. Trotzdem versuchte er, in jeder Bibliothek ein ihn besonders berührendes Fresko auszusuchen. In der babylonischen Bibliothek war es die Darstellung der ersten Grammatikschule, wo König Daniel Knaben im Lesen und Schreiben unterrichtete. Hier kam ihm die Erinnerung an seine Schulzeit, in der er gern las und schrieb, aber die Grammatik hasste. Seine Aufsätze waren meistens benotet mit: Inhalt 1, Ausdruck 1, Grammatik 5, Gesamt 4.

In der Bibliothek von Athen prägte sich ihm die Darstellung der ersten kostenlosen Lesebibliothek zur öffentlichen Nutzung ein. Dass sich ein Tyrann wie Peisistratos vor über 2000 Jahren an die kulturelle Pflicht des Staates für sein Volk hielt, brachte den in einer Demokratie lebenden Herbst zum Staunen.

Dieses Staunen hielt auch in der alexandrinischen Bibliothek an, wo ein Fresko eine Schreiberwerkstatt darstellte. Das

Gefühl, dass ihn die Vollkommenheit der Kunstwerke unter sich begraben würde, veranlasste ihn, sich den Fresken unterschiedlich zu nähern. Mal trat er von links an sie heran, mal von rechts. Dann ging er direkt auf sie zu oder manchmal so dicht heran, als wolle er sie auch riechen, was Doris natürlich beunruhigte. Herbst überraschte der hohe Stellenwert des Buches im Altertum, was von der sonderbar gekleideten Sibille dargestellt wurde. Sie streckt dem römischen König Tarquinius Superbus verbliebene geheimnisvolle Bücher entgegen. Der König kauft diese Bücher für einen übertriebenen Preis, um sie vor dem Feuer, in dem die ersten bereits loderten zu retten. Dass sich der Schriftsteller jetzt nicht vorstellen konnte, dass ein Politiker Bücher aus den Drahtkörben vom Discounter holt, um sie zu bewahren, lag sicherlich auch daran, dass seine Konzentration nach der annähernd dreistündigen Besichtigung nachließ. Auch nahm seine Nervosität zu. Immer öfter dachte er an die bevorstehende Lesung. Hinzu kam, dass er sich beim Betrachten der Kunstwerke nicht nur von Doris beobachtet fühlte. Er vermutete versteckte Überwachungskameras. Unwillkürlich regte sich in Herbst der Rest des Instinkts eines Urmenschen, der von einem Säbelzahntiger belauert wird, bei dem sich bereits eine Pfütze über den Geschmackszellen zwischen den riesigen Reißzähnen bildet. In diesem Gefühl des Beobachtetwerdens, stellte er sich dann schon lieber einen großen Raum vor, in dem viele Sicherheitsleute vor noch mehr Monitoren sitzen und Kameras zoomen lassen.

In der päpstlichen Bibliothek, wo dargestellt war, wie die Päpste im Auftrag Petri die Bibliothek vergrößerten und schließlich Sixtus V. das heutige Gebäude bauen ließ, sah er bereits erste Lesungsbesucher in den Nebenraum des Salone gehen. Genau 17 Uhr stellte er fest, das zu den ersten Gästen nicht viel hinzugekommen waren. Das prozentuale Verhältnis der Besucher zu den Büchern in der Bibliotheca Vaticana war

0,00070 Prozent oder zwei Millionen Bücher zu 14 Zuhörern. Mit dem Papst wären es 0,00075 Prozent gewesen.

Bei diesem überschaubaren Andrang ist es problemlos möglich, auf einzelne Besucher einzugehen. In der ersten Reihe saßen drei Glaubensschwestern in frisch gebügelten Gewändern. Von links nach rechts: Doris, sie hatte soeben ein Glas Wasser auf ein Tischchen neben den auf einem kunstvoll geschnitzten Stuhl sitzenden Schriftsteller gestellt. Anne, ebenfalls im Habit. Hierzu muss erklärt werden, dass sie nur in dieser Kleidung und mit Hilfe von Doris durch die Kontrollen gekommen war. Und neben ihr saß Katharina. Mit unverkennbarem Stolz schaute sie zu ihrer Jugendliebe auf. Ihr war nicht mehr anzusehen, dass sie Dietmar das angebotene Abendmahl übelnahm. Eher schien es so, als hätte sie die gesamte Nacht darüber gegrübelt, ob der Allvater es akzeptiert hätte, wenn sie auf diese Einladung eingegangen wäre.

Hinter den Frauen saßen fünf Azubis. Ihnen sah man an, dass sie sich jetzt lieber mit einem Strategiespiel im Internet beschäftigen hätten. Dann waren acht Stuhlreihen frei. Danach hatten sich drei Männer auf der rechten Seite gesetzt: Meier, mit unzerstörbarem, glänzendem Präsent-20-Anzug und daneben die nach der neuesten Mode gekleideten Luigi und Carlo. Die drei schauten böse auf die linke Seite. Dort saßen drei weitere Männer, die ebenfalls bekannt sind. Die sich unschuldig Gebenden rochen bis zur ersten Reihe streng nach Wodka, Knoblauch und Machorka. Diese Ausdünstungen trieben Doris vor zu Herbst, um die Lesung zu eröffnen. In Anbetracht der bereits erwähnten Besucherzahl fiel die Laudatio kurz aus. Sie begrüßte die Gäste und vor allem die Vertreter der Botschaften in den hinteren Reihen. Zum Schriftsteller selbst erklärte sie, dass sich seine Vorstellung erübrige, weil seine literarischen Werke in Europa und weiteren Erdteilen bekannt seien. Nachdem sie neben Herbst Platz genommen hatte, um bei Bedarf das

Wasserglas aufzufüllen, schaute dieser in die erwartungsvollen Gesichter. Erst jetzt entschied er sich für den zu lesenden Text, den Dialog Gott – Mephistopheles. Entscheidend für diese Wahl war die Abwesenheit des Stellvertreters Gottes auf Erden. Zur Einstimmung las Herbst zunächst die Sage vom unterirdischen Fluss, wofür er das besondere Wohlwollen der Glaubensschwester durch freundliches Zunicken erhielt.

„Es ist die Sage vom unterirdischen Fluss, die zwischen Lohmen und Rathen handelt. Ein Waldarbeiter, so diese Sage, entdeckt in einer Felsschlucht eine Höhle. Er geht hinein und sieht dort einen unterirdischen Fluss, wo ein Zwerg Gold und Edelsteine aus dem Wasser wäscht. Als der Zwerg den Waldarbeiter sieht, erschrickt er, rutscht auf den glitschigen Steinen aus und stürzt in den Fluss. Der Zwerg wird von der Strömung mitgerissen und droht zu ertrinken. Der Mann eilt zum Zwerg und zieht ihn aus dem Wasser. Zum Dank für seine Rettung bietet ihm der Zwerg zwei Geschenke zur Auswahl an. Er kann sich für Gold entscheiden, sodass er mit seiner Familie bis ans Lebensende ohne finanzielle Sorgen leben kann oder er kann die Begabung zum Wahrsagen erhalten. Der Mann entschied sich für Letzteres. Aus dem armen Waldarbeiter wurde ein gefragter Wahrsager, der fortan gut mit seiner Familie leben konnte.

,Ach so geht das aus.' Gott war enttäuscht.

,Doch einige Leute glaubten', fuhr Faust fort, ,dass der Wahrsager, weil er wirklich wahrsagte, mit dem Teufel einen Pakt hatte.'

,Ja, ja, so schnell kommt man ins Gerede..."

„Haben Frage!"

Erschrocken schaute der Schriftsteller vom Manuskript auf. Im hintersten Drittel des Raumes hatte ein kahlköpfiger und untersetzter Mann seine Lesung unterbrochen. Gewöhnlich wurden ihm nach der Lesung Fragen gestellt.

„Towarisch Herbst, geben du zu, dass es Fluss unterirdisch in ehemalige Sowjetische Besatzungszone, Schweiz Sachsen, gibt?"

„Naja, ich weiß jetzt nicht, ob das auch die anderen Zuhörer interessiert", wich Herbst aus und schaute erkundigend zu den anderen zwölf Anwesenden. Er brauchte kein Einverständnis abzuwarten. Außer den Azubis, denen das egal war, bestätigten alle sofort die Anfrage.

Wie zu erwarten, wollte Meier die Initiative an sich reißen. Er versuchte, Nikita auf eine falsche Fährte zu locken. „Aus zuverlässiger Quelle ist mir bekannt", sagte er „dass ein unterirdischer Fluss in der Lausitz bei Oberoderwitz entdeckt wurde. Können Sie bestätigen, dass dort ein unsichtbarer Mann gesehen wurde."

Nikita durchschaute Meiers Trick sofort. Er konnte sich nämlich nicht vorstellen, dass man einen unsichtbaren Mann sehen kann. Das Ablenkungsmanöver scheiterte auch an Herbst. Der Schriftsteller war unfähig, auf diese Frage wie ein Politiker zu antworten. Er sagte nicht: ‚Im Großraum Sächsische Schweiz und anliegenden Flächennutzungsgebieten kann nicht ausgeschlossen werden, dass es einen unterirdischen Fluss gibt, der auch in zeitlich relevanten Abständen ein Bach mit oder ohne Wasser sein kann, wozu es noch Erklärungsbedarf gibt, was nur durch ein zeitnahes Gutachten von noch zu benennenden Ausschüssen zu klären ist.' Er konnte nur sagen: „Es gibt diesen Fluss zwischen Wehlen und Rathen."

Mit diesem Eingeständnis entstand unter dem Kreuzgewölbe hektische Betriebsamkeit. Zuerst eilte Meier mit seinen Begleitern zum Ausgang. Doch sie waren zu langsam. Beim Bischof Hippolyt wurden sie von Nikita und seinen Leuten beiseite geschoben.

Im Salone blieben nur der Schriftsteller mit den drei Schwestern zurück, nachdem sich auch die Azubis mit der Begründung, dass sie noch beten müssten, zurückgezogen hatten. Herbst, für den es keine Seltenheit war, auch vor nur drei Interessierten zu lesen, wollte sich jetzt dem Gespräch zwischen Gott und dem Teufel zuwenden.

Doris, die auf einmal sehr blass aussah, hielt ihn davon ab. „Wir müssen sofort zurück."

„Ins Hotel", fragte Katharina mehrdeutig.

„Nein, nach Deutschland, in die Sächsische Schweiz."

11

Dietmar Herbst schwamm im elliptischen Pool des Wellnessbereiches im Hotel „Elbeburg" in Rathen in der Sächsischen Schweiz. Genüsslich zog er mit kräftigen Arm- und Beinbewegungen Kreise im 28 Grad warmen Wasser. Mit jeder Runde vergaß er mehr und mehr die Reisestrapazen. Ihm schien, als würde dieses Wasser Wunder bewirken. Er fühlte sich immer frischer, lebhafter, fröhlicher und aufgeschlossener. Dass dies nicht nur ihm so erging, bestätigte der Geschäftsführer. „Seltsam", sagte der fassungslos, „seit Tagen meckert hier kein Gast mehr herum. Das Personal wird freundlich gegrüßt, sogar ich. Die Gäste unterhalten sich miteinander, als würden sie sich schon lange kennen. Es wird sogar gelacht. Keiner regt sich beim Zeitunglesen oder vor dem Fernseher mehr auf, obwohl es Gründe genug dafür gäbe. Ich begreife die Welt nicht mehr." Übrigens begriff er auch nicht, dass die drei Nonnen mit dem am Vortag angereisten Schriftsteller in einem Zimmer nächtigen wollten.

Nachdem der Pantheon-Autor weitere zwei Runden geschwommen war, kam Katharina herein. Nun war Herbst endgültig davon überzeugt, dass dieses Wasser Glück brachte. Trotz des im Wellnessbereich herrschenden tropischen Klimas, setzte sie sich in ihrem Habit an den Rand des Pools. Aus einem Stoffbeutel, an den man auch im Ausland die Ostdeutschen erkennt, zog sie ein Bündel Briefe hervor und begann, sie dem Schwimmenden vorzulesen. Es war, wie es in der Unterhaltungsbranche heißt, Fanpost. Parfümiert riechende Briefe hatte sie bereits im Zimmer am Abfalleimer liegen lassen. Einige Absender kannte Dietmar Herbst. Seit seiner Lesung im Vatikan war bei ihnen eine gedankliche Wende eingetreten. So war jetzt bei Verlagen, bei denen er bisher nicht in das Profil gepasst hatte, von seinen literarischen Kostbarkeiten die Rede, die kurzfristig veröffentlicht werden könnten. Auch Rundfunk und Fernsehen baten um Interviews zu seinem literarischen Schaffen. Sogar eine Partei hatte ihm geschrieben und einen Aufnahmeantrag beigelegt. Hintergründig wurde er in Kenntnis gesetzt, dass unlängst ein Mitglied den Nationalpreis für Literatur erhalten hatte. Buchhandlungen wollten Autogrammstunden mit ihm veranstalten, und die Dresdner Bibliotheken, die ihn bisher verschmäht hatten, boten ihm jetzt sogar Honorar für Lesungen an. Auch einige heimatliche Elbtalpoeten hatten ihm geschrieben. Sie, die mit selbst organisierten Lesungen literaturinteressierte Menschen quälten, erinnerten Herbst an ihre langjährige Freundschaft.

Bereits nach zehn Briefen rann Katharina der Schweiß von der Stirn und tropfte auf die Briefe. Dietmars mehrfache Aufforderung, die Post ohne die Glaubenskleidung im Pool zu lesen, musste sie verständlicherweise ignorieren. Nach 30 Briefen wartete Sie auf ein Zeichen des Allmächtigen, der ein weiteres Schweißdurchtränken ihres Habit beenden würde. Er musste ja nicht das Wasser im Pool teilen, damit sie sich dazwischen setzen konnte. Das Einschalten der Lüftung hätte sie schon als ein solches gesehen. Doch wie wir den Gottvater und die Hausmeister kennen, prüfen sie oft sehr lange, bis ein Zeichen von ihnen kommt. In dieses Warten betraten drei Männer mit Badehosen das Poolareal. Ihre Hosen waren dunkel, lang und breit und beulten sich verdächtig an den Hüften. Der Voranschreitende war ein stämmiger, kleiner und kahlköpfiger Mann, auf dessen bleichem Oberkörper zahlreiche Narben zu sehen waren. Diese waren mal Löcher und stammten von unterschiedlichen Kalibern.

Es dauerte keine Minute, da öffnete sich nochmals die Tür, und wieder kamen drei Männer herein. Der erste trug eine Dreieckbadehose vom VEB Fortschritt Herrenbekleidung

Berlin-Lichtenberg. Die beiden ihn begleiteten solariumgebräunten Herren hatten eng anliegende, knieberührende Badeshorts an. Der eine trug Boss Black Catshark, rot, und der andere Vilebrequin Moorea, vanille.

Nikita und Meier stiegen mit ihren Bewachern nacheinander in das Wasser.

Katharina und Dietmar kannten die sechs von der Lesung im Vatikan. Sie waren ebenfalls gestern gekommen. An der Rezeption hatten sie sich als in Rom akkreditierte Journalisten eingetragen und die Zimmer neben ihnen belegt.

Aus Gründen des Postgeheimnisses unterbrach Katharina das Vorlesen. Dass der Inhalt der Briefe den jetzt im Pool planschenden Männern längst bekannt war, konnte sie nicht wissen. Sie ahnte auch nicht, dass Dietmar Herbst jetzt von ihnen entführt werden sollte. Jedenfalls planten das die Geheimdienstleute. Doch es sollte ganz anders kommen.

Erinnern wir uns an die Verwunderung des Hotel-Geschäftsführers über die ihm bisher unbekannte Fröhlichkeit, ja sogar Herzlichkeit, der Gäste. Die Ursache dafür war das Wasser, konkret die Wasserleitung zum Hotel. Unbemerkt hatte es in zwei Metern Tiefe einen Rohrbruch gegeben. So etwas führt normalerweise zu ans Tageslicht sprudeltem Wasser. Meistens geschieht das auf Hauptstraßen, was dann zu wochenlangen Umleitungen führt. Doch hier verhielt es sich anders. Das aus der Mitte des vergangenen Jahrhunderts stammende Rohr zerbrach in einem Hohlraum, der sich, ebenfalls unbemerkt, unter der Erde mit Gebirgswasser gefüllt hatte. Dadurch glich sich der Druck aus und das Gebirgswasser drang in das Leitungswasserrohr ein. Das so entstandene Gemisch gelangte in das Hotel.

Warum veränderte dieses Wasser die Menschen im Hotel, werden Sie jetzt berechtigt fragen. Hier muss unbedingt etwas zum Wasser im Allgemeinen gesagt werden. Nur so werden Sie glauben können, was in der Folge geschieht.

Beginnen wir wie alle, die sich so wenig wie möglich mit ihren Mitmenschen anlegen wollen, bei der Bibel. Am Anfang steht: ‚Und die Erde war wüst und öde, und die Finsternis lag auf der Urflut, und der Geist Gottes bewegte sich über dem Wasser.' Das Wasser führt uns auch im Buch der Bücher weiter zum Paradies: ‚Und in Eden entspringt ein Strom, um den Garten zu bewässern.' Wir überspringen Mose 20, Richter 7, Jesaja 44,3, die Taufe Matthäus 3, die Heilung eines Kranken am Teich Bethesda bei Johannes 5, der Fußwaschung und kommen zu Johannes 4, Jesus und die Samariterin. An jener Stelle wird gefragt: ‚Woher hast du dann lebendiges Wasser? Und Jesus antwortet darauf: ‚Wer aber von dem Wasser trinken wird, das ich ihm gebe, den wird in Ewigkeit nicht dürsten, sondern das Wasser, das ich ihm geben werde, das wird in ihm eine Quelle des Wassers werden, das in das ewige Leben quillt.'

Diejenigen die sich noch an Einzelheiten aus den Schulfächern Physik und Chemie erinnnern, wissen, dass zwischen natürlichem, strukturiertem, sprich lebendigem Wasser und Leitungswasser, dem totem Wasser, unterschieden wird. Letzteres wird deshalb für tot erklärt, weil alle seine Strukturen durch Pumpen, Filter und Druckanlagen zerstört sind und es nur noch durch Chemikalien flüssig und einigermaßen durchsichtig gehalten wird. Dieses Wasser meinte Jesus nicht. Über das hätte er auch nicht laufen können. Dieses tote Wasser gab es, wie auch im Rest Deutschlands, bis vor wenigen Tagen im Hotel Elbeburg.

Und nun kommen wir auf den Rohrbruch zurück. Dabei kam es zu einer Vermischung des Jahrtausende alten, lebendigen Gebirgswassers aus der Tiefe mit dem heutigen Trinkwasser, wie es Optimisten nennen. Die in letzterem enthaltenen Chemikalien, auf deren Prüfung die Trinkwasserordnung wohlweislich verzichtet, führten zu den erwähnten menschlichen Veränderungen.

Im Pool begann es mit Nikitas Lachen. Nun ist, rein wissenschaftlich gesehen, Lachen meistens eine Reaktion auf komische oder erheiternde Situationen. Ursprünglich war es eine Drohgebärde, weil man jemand sein gesundes Gebiss zeigen wollte. Dass sich das in der Menschheitsgeschichte nicht durchsetzen würde, liegt auf der Hand. Weil Lachen den Anspruch auf Respekt und Ehrbezeigung verneint, war es in der frühchristlichen Kirche verpönt. Die Begründung: Jesus Christus hat auf Erden auch nie gelacht. Erst ab dem 12. Jahrhundert fing man an, zwischen gutem, angemessenem Lachen und verwerflichem Lachen - dem des Pöbels – zu unterscheiden. In dieser Übergangszeit behalf sich beispielsweise der französische König Ludwig IX. damit, dass er freitags grundsätzlich nie lachte. Das Motiv der Bekämpfung des Lachens finden wir auch in Umberto Ecos Roman „Der Name der Rose". Der Klosterbibliothekar nimmt darin lieber die Zerstörung der Bibliothek hin, als dass er die dort aufbewahrte einzige Kopie der Komödientheorie des Aristoteles rettet. Doch das nur nebenbei.

Also, Nikita lachte. Eigentlich war es mehr ein Meckern. Der Auslöser dafür war, es konnte nicht anders sein, Meier. Auch bei Meier hatte das Wasser zu wirken begonnen. Anatomisch gesehen wurden in seiner Gesichtsregion 17 Muskeln aktiviert. Die Augenbrauen hoben sich, die Nasenlöcher wurden geweitet. Der Jochbeinmuskel zog den Mundwinkel nach oben, die Augen verengten sich, die Atmung ging schneller, und die Luft stieß mit annähernd 100 Stundenkilometern durch die Lungen zu den Stimmbändern. Der dabei entstehende auerhahnähnliche Ruf dröhnte mit etwa 280 Schwingungen – bei Frauen wären es unbegreifliche 500 gewesen – durch die Wellnesshalle. Weil Meier und Nikita beim Lachen so komisch aussahen, lachten auch die Mitarbeiter über ihre Chefs und alle zusammen über den in der Mitte schwimmenden Dietmar Herbst, weil der sich zwischenzeitlich beim Lachen verschluckt hatte.

Nikita sagte zwischen zwei Lachstößen zu Meier: „Tui wigladisch deswitelno dermo", was auf Russisch liebevoll heißt: Du siehst echt Scheiße aus.

Meier, der die Sprache der Oktoberrevolution, die eigentlich im November war, und die Sprache Lenins, der eigentlich Uljanow hieß, und die Sprache Stalins, der eigentlich Tschugaschwili hieß, beherrschte, antwortete: „I kak tui wigladisch glibo tschert." Das hieß ebenfalls liebevoll: Du siehst aus wie ein Arsch mit Ohren. Daraufhin umarmten sich beide im Wasser, wie die sozialistischen Führer im vergangenen Jahrhundert und küssten sich stürmisch. Als weitere Geste der Versöhnung, zog Nikita die Pistole aus der Hose und schleuderte sie im hohen Bogen auf die Fliesen am Poolrand. Weiter zwei Pistolen gelangten so aus dem Wasser und schlitterten vor Katharinas Füße. Ihre Verwirrung konnte nicht größer sein, zumal sich auch Dietmar jetzt wie ein pubertierender Schuljunge benahm. Er schaufelte mit weitausholenden Händen das Wasser auf die Russen und versuchte die Italiener zu tauchen, indem er ihre Köpfe unter Wasser drückte oder sie an ihren Füßen nach unten zog. In dieser Situation öffnete sich wieder die Tür. Herein kam ein Dutzend Gestalten in weißen PVC-Anzügen und mit Mundschutz. Dieser Anblick war nur für Katharina gespenstisch. Die Männer im Wasser zeigten auf die hereingekommenen, und es war zu befürchten, dass sie vor Lachen ertrinken würden.

12

Es war gegen 22 Uhr. Kruber und Zamann saßen in einer muffig riechenden Gartenlaube. Sie schauten auf das zehn Meter entfernte Rosenbeet, wo das von Wolken gedämpfte Mondlicht schemenhaft vier Gartenzwerge erkennen ließ.

Die beiden Männer waren sich sicher, dass der Zwergenkiller, wie sie ihn nannten, heute Nacht kommen würde. Zamann, weil heute der 4. des Monats war und im Garten vor ihnen vier Gartenzwerge standen. Und Kruber, weil er einen Verdacht hatte, den er seinem Schulfreund jedoch nicht mitteilte. Stattdessen schwärmte er von der mit Regenwasser gefüllten Zinkbadewanne am Abflussrohr der Dachrinne. „Ist das nicht ein echtes Meisterwerk? Schau sie dir genau an. Diese Konstruktion. Da stimmt jeder Millimeter. Die Wanne steht fest. Sie kippt auch nicht um, wenn Kinder darin herumspringen oder an der Lehne in die Wanne rutschen. Diese Bördelungen, die auch nach 100 Jahren kein Wasser austreten lassen. Ich frage mich, warum hat dieser Erfinder damals keinen Nobelpreis erhalten? Außer der Zinkbadewanne gibt es nur noch eine Erfindung die höchste Beachtung verdient. Willst du wissen welche?"

„Nein."

„Ich sage es dir trotzdem. Die Sackkarre. Hast du schon mal mit einer gearbeitet?"

„Nein."

„Klar, bist ja Wissenschaftler. Alles kannst du mit der Sackkarre transportieren. Egal ob es kleine oder große Gegenstände sind. Du fährst mit dem Blatt drunter, und schon kannst du's wegfahren. Einfach genial, mit diesen ausgeklügelten Hebelgesetzen. Das war noch die Zeit der Dichter und Denker. Und jetzt: Software und Apps. Vorige Woche hat mir ein Kollege auf seinem Smartphone eine Wasserwaage gezeigt. Ich denke mal, das ist das Ende der Welt ..."

Unvermittelt fragte Zamann: „Hast du eine Pistole dabei?"

„Soll ich etwa den Zwergenkiller erschießen?"

„Nein."

„Na, also. Ich habe nur Kunststofffesseln mit. Wenn ich ihn damit gesichert habe, sage ich ihm seine Rechte und bringe ihn danach in die Psychiatrie. Sollen die sich auf dem Sonnenstein mit ihm rumärgern."

Kruber wollte die vorläufige Festnahme so unspektakulär wie nur möglich durchführen. Vor allem durfte die Presse keinen Wind davon bekommen. Mit Grausen dachte er an Schlagzeilen wie: „Polizei schützt Gartenzwerge, statt sich um Grenzkriminalität zu kümmern" oder „Unsere Steuergelder werden für Laubenpieper verschleudert". Auch Protestveranstaltungen waren denkbar. Die Linken konnten einen Anschlag der Rechten vermuten, weil es sich um abgetrennte rote Zipfelmützen handelte. Die Rechten konnten einen islamistischen Anschlag auf das deutsche Kulturgut wittern. Und dann noch die weltweit organisierten Zwergen-Liebhaber, die sich den wissenschaftlichen Namen Nanalogen gegeben hatten. Sie würden sicherlich die Straffreiheit des Täters fordern und bis zum Europäischen Gerichtshof klagen. Kruber hatte auch schon daran gedacht, diese Sache dem „Kommissar Zufall" zu übergeben. Doch spätestens nächstes Jahr, vor den Landtagswahlen, würde sein Chef zur Aufklärung drängen. Schließlich bilden die Gartenfreunde der Vereine ein hohes Wählerpotential. In Dresden wurde durch sie sogar einmal ein Oberbürgermeister gewählt.

Wieder wechselte Zamann abrupt das Thema. „Was glaubst du, wie lange die Gesundheitsbehörden die Leute im Hotel unter Quarantäne halten?"

„Bei verseuchtem Wasser kann das lange dauern. Es wird erzählt, dass alle, die mit diesem Wasser in Berührung gekommen waren, verrückt geworden sind."

„Auch Anne?"

„Weiß ich nicht. Ich bin ja nicht ins Hotel gekommen. Die haben jetzt alles so abgesperrt, als wäre dort die Pest ausgebrochen.

„Das die Behörden mir den Zutritt verweigern, kann ich ja verstehen. Aber dir als Polizisten?"

„Da sieht man mal wieder, wie die Krimis die Realitäten vernebeln. Sollte ich etwa wie James Bond die Wachleute austricksen, Anne befreien und mit wüster Schießerei und Autofahrt fliehen?"

„Das wäre das Mindeste, was ich von dir als Exmann erwartet hätte."

„Du warst auch mit ihr verheiratet und was machst du? Klopfst nur Sprüche. Mach du mal einen Vorschlag, wie wir sie da rausbekommen. Du hast doch auch Abitur."

In dem Augenblick, als Leander Zamann widersprechen wollte, hob Peter Kruber die Hand zum Schweigen und flüsterte: „Er kommt."

Beide starrten aus dem verstaubten Fenster, wo am oberen Rand gerade eine Spinne ein Insekt für schlechtere Zeiten einwickelte.

Jetzt hörte auch Zamann Kies knirschen. Als dieses Geräusch nicht mehr zu hören war, wussten sie, dass der noch Unbekannte das Gartentor öffnete. Dann sahen sie eine rucksacktragende Gestalt zum Rosenbeet schleichen.

Kruber drückte den aufgeregten Zamann auf den Stuhl zurück. Der Hauptkommissar wollte, dass der Täter erst einen Gartenzwerg beschädigte, auch wenn daraus später der Vorwurf entstehen könnte, dass die Polizei dies nicht verhindert hätte. Mit einem cleveren Rechtsanwalt konnte der Angeklagte behaupten, dass er sich verlaufen hätte und nur vergessen habe, vorher das Werkzeug aus dem Rucksack zu nehmen. Gelassen sah der Kriminalist zu, wie der Zwergenkiller, den er juristisch bis zur Verurteilung als Tatverdächtigen bezeichnen musste, den Rucksack von der Schulter nahm. Für die vorläufige Festnahme waren jetzt drei Dinge wichtig. Vor dem aufgeregten Zamann hob er die linke Hand mit ausgestrecktem Daumen, Zeigefinger und Mittelfinger. Als der noch Unbekannte die Säge hervor holte, knickte er den Daumen ein, beim Buch den Zeigefinger und, als Sägegeräusche zu hören waren, den Mittelfinger. Kruber nickte Zamann zu. Gleichzeitig standen sie auf und verließen die Laube. Leise auftretend, näherten sie sich dem auf dem Boden hockenden Mann. Kruber und Zamann hätten gar nicht so vorsichtig sein müssen. Der Zwergen-Killer war so in das Absägen der ersten Mütze vertieft, dass er die plötzlich hinter ihm Stehenden nicht bemerkte.

In ruhigen Ton sagte Kruber: „Guten Abend, Herr Silbernagel."

13

Seit dem Verhängen der Quarantäne hastete eine Vielzahl von Leuten mit weißen Schutzanzügen und Mundschutz in das Hotel Elbeburg hinein und hinaus. Alle Gäste einschließlich des Personals, durften, bis der Wasserbefund vorlag, das Gebäude nicht verlassen. Verständlich, dass sich die Stimmung der Gäste in Richtung Null bewegte. Der Geschäftsführer erkannte sofort die Gefahr und senkte die Preise an der Hotelbar um 50 Prozent. Trotz dieses Entgegenkommens waren sich alle einig, dass auch der beste Whisky nicht an die Eigenschaften des Hotel-Leitungswassers herankam. Sie erinnerten sich an die schöne Zeit vor dem Eintreffen der Gesundheitsbehörde. Zum Leidwesen der Gastronomie, wurde nicht mehr Bier und Wein getrunken. Auf den Tischen standen Wassergläser und Plasteflaschen mit Leitungswasser. Einige Gäste hatten bereits begonnen, sich heimlich Kunststoffkanister für zu Hause zu füllen. Unter Protesten mussten sie am Vormittag zusehen, wie ihnen die Mitarbeiter der Gesundheitsbehörde diese Behälter abnahmen.

Der Zwischenfall hatte auch die Pläne derer durchkreuzt, die am unterirdischen Fluss und an Alberichs Tarnkappe interessiert waren. Die Russen wollten anfangs mit Waffengewalt ausbrechen. Sie entschieden sich aber nach kurzer Diskussion für die Hotelbar. Dietmar Herbst nahm den unfreiwilligen Aufenthalt ruhig hin, nachdem allen Gästen versichert worden war, dass sie hier bis zu ihrer behördlichen Freilassung auf Kosten des Hauses leben durften. Anders war es bei den drei Frauen. Sie wurden zunehmend unruhiger. Es bestand durchaus die Gefahr, dass die Russen vor ihnen am unterirdischen Fluss sein könnten und damit in den Besitz des Tarnmantels kämen. Besonders Doris drängte auf ein schnelles Verlassen des

Hotels und dachte darüber nach, wie das zu realisieren sei. Sie hörte nur halb auf die vortragsähnlichen Erläuterungen Annes zu dem beschlagnahmten Wasser.

„In dem in der Tiefe lagernden jahrtausendealten Wasser, sind die Strukturen noch unbeschädigt erhalten. Du kannst sie dir wie die von Schneekristallen vorstellen. Mit diesen Strukturen haben Wissenschaftler der University of Pennsylvania, der Harvard University und der Drexel University experimentiert. Sie haben mit Nanodrähten aus Bariumtitinat und diesen Wasserstrukturen ein Speichermedium geschaffen. Das heißt, in geringen Mengen dieses Wassers könnten wir in naher Zukunft mehr Informationen speichern, als auf den größten Computerfestplatten. Wenn diese Erfindung wirtschaftlich genutzt wird, dann würde das die Erfindung des Computers nochmals revolutionieren."

„Na gut, dann fülle ich eben Wasser in mein iPhone", sagte Doris lakonisch.

„Verstehe doch: Das wäre eine wissenschaftlich-technische Revolution für die gesamte Welt!"

Es war umsonst. Auch dieses Argument kam bei Doris nicht an. „Für mich wäre es jetzt eine Revolution, wenn ich wüsste, wie wir hier rauskommen."

Anne gab auf. Sie ging vom Balkon zurück ins Zimmer. Dort saßen Katharina und Dietmar auf einem Bett und lasen in der Bibel. Annes weibliche Intuition sagte ihr, dass sich da etwas anbahnte. Ihre Frage „Kuschelt ihr?", wurde von Katharina zurückgewiesen: „Wir beschäftigen uns mit den Worten Gottes und suchen den Rat des Herrn."

Doris bemerkte flapsig: „Hauptsache, ihr raucht nicht dabei."

Als wolle Katharina alle Verdächtigungen ausräumen, zitierte sie aus der Offenbarung: „Der Engel zeigte mir auch den Strom mit dem Wasser des Lebens, der wie Kristall funkelt.

Der Strom entspringt am Thron Gottes und des Lammes und fließt entlang der Hauptstraße mitten durch die Stadt."

„Na gut, das ist die Umschreibung vom hiesigen Wasserrohrbruch", entgegnete Doris, die vom Balkon ins Zimmer gekommen war.

Anne stutzte. „Steht da in der Bibel wirklich ‚Wasser des Lebens, der wie ein Kristall funkelt'?"

„Ja, natürlich. Das ist auch kein Übersetzungsfehler", reagierte nun auch Dietmar Herbst leicht gereizt.

„Dass in der Bibel von Wasser des Lebens und Kristall die Rede ist", stutzte Anne.

Sie konnte nicht weiter darüber nachdenken. Doris sagte pragmatisch: „Für mich bedeutet dieser Spruch, dass wir zum unterirdischem Fluss müssen und zwar so schnell wie möglich." Sie ging wieder auf den Balkon. Von dort betrachtete sie nicht die ruhig fließende Elbe, die sich über die Jahrtausende in den Sandstein hineingeströmt hatte, und auch nicht die umgebenden Felsenmassive, die besonders Fotografen inspirierten. Sie beobachtete die mit Schutzanzügen in das Hotel kommenden und diejenigen, die wieder mit Kisten zu den vielen Katastrophenfahrzeugen des Technischen Hilfswerkes gingen. Dann hatte sie eine Idee. Sie ging wieder ins Zimmer zurück und sagte: „Ich weiß jetzt, wie wir hier rauskommen."

Eine Stunde später verließen vier Leute in weißen Schutzanzügen das Hotel. Einige Schaulustige, die seit den Morgenstunden auf das Heraustragen von Verletzten, vielleicht sogar Toten, gewartet hatten, wunderten sich, dass diese vier an den Krankenfahrzeugen und den THW-Geräten vorbei gingen und in eine angrenzende Gasse abbogen.

14

Der Verleger Silbernagel trug bayerische Tracht. Doch wie die meisten der Hornknöpfe-Träger, stammte er nicht aus Bayern. Der gebürtige Riesaer lief mit seinen bis zu den dicken Kniescheiben reichenden Lederhosen durch die sandige Felsschlucht. Zum wiederholten Mal beteuerte er den ihm folgenden Kruber und Zamann, dass er niemand schädigen wollte und die Gartenzwerge ersetzen werde.

Beide unterbrachen seine Beteuerungen nicht. Obwohl Kruber gesagt hatte, dass er den Tatverdächtigen der Psychiatrie übergeben werde, ließ er sich zu einem Deal überreden: Der Ort des unterirdischen Flusses gegen die Einstellung des Verfahrens – sofern die Kleingärtner dem zustimmten, was zu erwarten war. Silbernagel hatte sich am Tag nach seiner Tat verpflichtet, für ein Gartenjahr wöchentlich und kostenlos einen Hänger Mist aus dem benachbarten Pferdehof zu liefern.

Die Aufklärung dieses Falles war für Kruber relativ einfach gewesen. Er hatte nur prüfen müssen, wer genug von den Büchern besaß, um sie bei den Zwergen liegen zu lassen. Bei den schon erwähnten sehr schwachen Umsatzzahlen kamen nur der Autor und der Verleger in Frage. Herbst schied aus. Er war nicht in Besitz eines Führerscheins und wäre mit den öffentlichen Verkehrsmitteln vielleicht bis zur Kleingartenanlage gekommen, aber niemals in der Nacht wieder zurück. Nachdem der Hauptkommissar vorsichtshalber für die Tatnächte Taxifahrten zur Kleingartenanlage überprüft hatte, blieb Silbernagel übrig. Der hatte, zu seinem Leidwesen, mehr als genug von Herbsts Büchern. Diese Bücher waren auch das Motiv für sein Handeln. Werbung, um diese zu verkaufen, konnte er sich nicht leisten. Weil für die Medien nur schlechte Nachrichten gute sind, kam er auf die Idee, das „Pantheon" mit einer kriminellen Tat zu verbinden. Er wollte Schlagzeilen wie: „Sind die geköpften Zwerge Opfer einer Verschwörung? Was bedeuten die Bücher bei den Zwergen? Finden wir die Antwort im Buch Pantheon? Werden auch bald Menschen geköpft? - Der Verleger Helmut Silbernagel schließt das nicht aus". Doch nichts war geschehen. Die Medien interessierte es auch nach dem dritten Zwergen-Attentat nicht. Offen blieb nur noch, wer Herbsts Manuskript und die Karte aus dem Verlag gestohlen hatte. Diese Frage erklärte jetzt Krubers Wanderung durch die Sandsteinschluchten.

„Wir werden den See bestimmt finden, auch ohne die Karte", ermunterte Silbernagel die hinter ihm Laufenden. „Ich erinnere mich genau. Ich sehe die Karte noch vor mir. Der See war in einem Steinbruch oberhalb dieses Weges eingezeichnet." Zur Bekräftigung seiner Aussage las er im Laufen aus Herbsts Buch vor: *„Faust tauchte sofort unter und suchte nach Wagner. Immer und immer wieder tauchte er hinab. Er konnte den Freund nicht entdecken. Erst als er vor Erschöpfung selbst in Gefahr geriet, gab Faust auf. Er klammerte sich an einen Felsenvorsprung und rang nach Atem. Dann entschloss er sich, ans Ufer zu schwimmen und per Handy die Polizei zu alarmieren. In Gedanken sah er schon, wie Wagners aufgeschwemmte Leiche aus dem Wasser gezogen wurde."*

„Nun ist aber gut."

„Moment, gleich kommt die Stelle", besänftigte Silbernagel Kruber und las weiter: *„Inmitten dieser grausigen Vorstellung bemerkte er am Ufer einen Hund. Es war ein Pudel, der auf der rechten Vorderpfote hinkte. Ohne zu zögern, lief der Pudel ins Wasser und schwamm auf ihn zu. Faust war klar, dass dies nur Mephistopheles sein konnte, der ihm schon auf dem Friedhof in dieser Verkleidung begegnet war. Jetzt hatte er allerdings keinen Stein zur Hand, mit dem er ihn hätte verwandeln können. Kurz vor Faust schwamm der Pudel zur Seite an die Felswand, wo Wagners Atemluft zuletzt aufgestiegen war. Dort paddelte er einmal im Kreis und tauchte ab.*

Faust hatte keine Uhr bei sich, doch nach seinem Empfinden konnte auch ein Hund nicht länger als drei Minuten unter Wasser bleiben. Es war mehr die Neugier, die Faust zu der Stelle schwimmen ließ, wo der Pudel verschwunden war. Er tauchte ebenfalls. Nur wenige Zentimeter unter der Wasseroberfläche war ein meterbreiter Felsspalt. Faust ahnte sofort, dass Wagner und der Pudel dort hinein geschwommen waren. Ohne weiter nachzudenken, tauchte er in den Felsentunnel hinein, der schräg nach oben führte."

„Jetzt sind wir an diesem Steinbruch, der auf der Karte eingezeichnet war", sagte Silbernagel, als sie wenige Minuten später auf einem 500 Quadratmeter großen Areal standen, das von etwa 20 Meter hohen Sandsteinwänden umgeben war. Hier, wo vor über 100 Jahren der Abbau des Sandsteines aufgegeben worden war, hatte sich die Natur ihr Territorium zurückerobert. Birken und Weiden krallten sich in den verwitterten Sandsteinboden. Dornengestrüpp, Brennnesseln und Gras boten allerlei Getier Unterkunft in dieser für Menschen schwer zugänglichen Fläche.

„Ich kann mir nicht vorstellen, dass der Zugang zum unterirdischen Fluss hier sein soll."

Kruber ergänzte Zamanns Bedenken. „Dann müsste hier ein See sein."

Auch darauf hatte Silbernagel eine Antwort. „Erinnern wir uns an den Schluss der Buches ..." Trotz Krubers Einwand „Nicht schon wieder", las der Verleger vor: *„Faust saß im Steinbruch. Doch jetzt am Nachmittag war alles anders. Dort, wo Wagner getaucht hatte, waren nur noch Steine und Schlamm. Der See war verschwunden."*

„Das heißt, wir stehen jetzt unter Wasser und müssen oben in den Felsen den Eingang suchen, wo damals Wagner hinein getaucht sein soll?"

„Richtig", freute sich Silbernagel über Zamanns Resonanz.

„Zum Glück brauchen wir jetzt kein Tauchgerät oder müssen die Luft anhalten", sagte Kruber spöttisch, aber mit einer gewissen Anerkennung für die Logik des Verlegers. Dann wies er auf einen schmalen Pfad, wo das Gras niedergetreten war. „Ich glaube, dass jemand vor uns hier war."

„Und das kann nicht lange her sein", stimmte Zamann zu. Wie ein Fährtensucher betrachtete er die frischen Fußspuren, die zur hochragenden, zerklüfteten Felsenwand führten. Als sie davor standen, entdeckten sie im Felsen fußbreite, herausgebrochene Stufen, die seitlich zu einem Plateau führten.

Mit „Ich wollte schon immer mal wissen, wie sich Bergsteiger fühlen" betrat Zamann diese Stufen. Als er drei Meter über den anderen auf dem Plateau stand, rief er nach unten: „Hier ist eine breite Felsspalte, da geht's rein."

Durch diese Entdeckung ermuntert, begann auch Kruber den Felsen empor zu steigen. Als er neben Zamann stand und Silbernagel aufforderte nachzukommen, entgegnete der Verleger: „Ich habe Höhenangst. Darf ich nach Hause gehen?"

Kruber hatte keine Einwände. Im Grunde genommen war er sogar froh darüber, dass er keine Zitate mehr aus Herbsts Buch anhören musste.

Als Zamann in das Dunkel des Felseneingangs trat, fragte er Kruber zum zweiten mal: „Hast du deine Pistole mit?"

„Nein." Statt der Pistole zog er eine Taschenlampe aus der Jacke.

Er musste sich Spott über den handgroßen, flachen, schwarzen Blechkasten gefallen lassen, an dem man drei Farbscheiben vor den runden Reflektor schieben konnte. „Nimmst du die auch immer zur Hohlraumkonservierung mit?"

„Solange ich noch irgendwo Flachbatterien dafür bekomme, nehme ich diese Armeelampe. Hast du was Besseres bei dir?"

„Nein."

„Na, also", konterte Kruber, schob Zamann zur Seite und schritt im Felsengang voran.

Wie es in Herbsts Buch beschrieben war, gingen sie durch einen verwinkelten Felsengang, in dem sie sich oft bücken und manchmal fast kriechend fortbewegen mussten. Nach gefühlten tausend Metern, die in Wirklichkeit nur ein Zehntel davon waren, drang immer mehr Licht durch die Felsenrisse, so dass keine Taschenlampe mehr nötig war. Und dann traten sie aus dem engen Gang in ein weiträumiges, kathedralenähnliches Gewölbe. Das hier noch stärker eindringende Tageslicht erhellte einen See in der Größe eines Fußballfeldes. Von den Seiten flossen kleine Bäche über mit hellgrünem Moos bewachsene Steine. Zamann erinnerte dieser Anblick an die Karl-May-Verfilmung „Der Schatz im Silbersee". Beeindruckt von diesem Naturschauspiel sagte er: „So war es auch im ‚Pantheon' beschrieben."

„Das bedeutet er, war hier."

Kruber wies mit einer Kopfbewegung zum anderen Ufer des Sees: „Und ist wieder hier."

Dietmar Herbst saß seitlich auf einem Sandstein, der wie ein Stuhl geformt war. Es sah aus, als höre er auf Geräusche, die aus der Wand kamen. Er war so darin vertieft, dass er die beiden erst bemerkte, als sie vor ihm standen. In sein Erschrecken hinein fragte Kruber: „Wo sind die Frauen?"

„In irgendwelchen Gängen. Sie suchen was."

„Die Tarnkappe von Zwerg Alberich oder auch den Tarnmantel vom Wahrsager Schaarschuch?"

„Ja, woher...?"

Zamann hielt es für angebracht, ihr Hiersein zu erklären. Diese Erklärung, die auch die familiäre Beziehung zu Anne nicht ausschloss, endete mit Krubers vorwurfsvoller Frage: „Und auf den Gedanken, das den Frauen etwas passieren kann, während Sie hier sitzen, kommen Sie wohl nicht?"

„Nein. Warum auch? Die machen doch eh, was sie wollen", rechtfertigte sich der Schriftsteller. „Vor allem Doris, die hat alle mit dem Tarnmantel verrückt gemacht. Vorhin hat sie mich wie eine Berberkatze angefaucht, als ich sie von der Sinnlosigkeit der Suche überzeugen wollte. Ich weiß, warum oder wodurch Schaarschuch wahrsagen konnte. Kommen sie mit." Herbst stand auf und ging an die zerklüftete Wand.

Als Zamann und Kruber neben ihm standen, konnten sie durch die Felsspalten Gespräche von Männern und Frauen hören.

„Schaarschuch konnte von hier aus alles belauschen – so, wie in der Kirche ein Pfarrer auf der Kanzel. Allerdings ist hier die Akustik natürlichen Ursprungs. Durch eine Vielzahl von Hohlräumen werden Geräusche vom Dorf bis hier runter übertragen. Erklären lässt sich das geologisch mit der Lausitzer Verwerfung, man nennt sie auch Lausitzer Überschiebung. Im Tertiär schob sich das erdgeschichtlich ältere granitische Gestein über den Sandstein. Oberflächlich ist es vom Hohburkersdorfer Rundblick und der Aussicht am Hockstein zu sehen.

„Diese Erklärung scheint mir schlüssiger zu sein, als eine Tarnkappe oder meinetwegen auch Tarnmantel", bemerkte Zamann.

Kruber nickte „Aber was nützt es, wenn wir davon überzeugt sind, doch die Frauen anderer Meinung sind."

„Nichts", sagte Herbst und ließ die Frage im Raum stehen: „Vielleicht lassen deshalb die Katholiken keine Frau in die Nähe Gottes?", meinte Kruber dazu, ohne eine Antwort zu erwarten. Er ging zum See und begann, sich seiner Schuhe und Strümpfe zu entledigen. Nachdem er die Hosen hochgekrempelt hatte, stieg der leidenschaftliche Saunabesucher in das Wasser. Nach dem langanhaltendem „Aaah" eines Sadomasochisten forderte er die anderen auf: „Kommt mit rein, herrlich dieses Wasser. Wie die Kälte beißt, so muss es sein, so findet Durchblutung statt. Jaah, das aktiviert Körper und Geist."

Herbst und Zamann dachten nicht daran, sich dieser Prozedur auszusetzen. Sie sahen das als Selbstkasteiung, zumal Kruber bei jedem Schritt, der wie das Stelzen eines Storches aussah, „Aaah" und „Jaah" stöhnte.

Plötzlich ertönte ein lautes „Stoj", das von den Felswänden als Echo wiederhallte.

Es galt Kruber, der im Wasser wie erstarrt stehen blieb. Nicht wegen der Kälte, sondern wegen zwei Kalaschnikow-Läufen, die auf ihn gerichtet waren.

„Raus aus Woda", schrie ihn ein kahlköpfiger, untersetzter Mann an, der zwischen den Maschinenpistolenträgern stand.

Jetzt stieg Kruber nicht mehr wie ein Storch durch das Wasser. Mit hohen Sprüngen, die denen einer Gazelle ähnelten, verließ er den See.

„Die kenne ich. Das sind Russen, die verfolgen uns schon seit Rom", versuchte Herbst Kruber zu beruhigen, der mit geröteten Füßen neben ihm stand.

Zamann, der die Situation noch nicht überblickte, sagte zur Aufforderung des Russen: „Ich habe kein Schild gesehen, dass hier Baden verboten ist."

Die Antwort darauf war unmissverständlich: „Das ist Wasser für Sowjetunion, jetzt Russland."

„Ich dachte, die Wismut gibt es nicht mehr", monierte Kruber.

„Wismut holt nicht mehr Uran. Wir holen Wasser jetzt. Reines, altes Wasser. Viel Besser als Uran, besser als Gold."

„Und ich dachte, ihr wollt den Tarnmantel."

Nikita lachte über Herbsts Frage. „Wozu Tarnmantel? Brauchen wir nicht. Wir alles wissen." Er zeigte auf den See. „Wir wollen unterirdischen Fluss hier." Danach wies er auf Kruber, den er zornig anblickte. „Sauberes, klares Wasser! Ohne dreckige Füße!"

Kruber murmelte beleidigt: „So dreckig waren sie ja nun auch nicht."

„Da bin ich ja beruhigt, dass du nur das Wasser willst", sagte es plötzlich hinter ihnen.

„Ah, mein Freund", reagierte Nikita. Mit ausgebreiteten Armen ging er auf Meier zu, der aus dem Tunnelzugang getreten war. Er wurde von Nikita umarmt und auf die Wangen geküsst, links, rechts, links. Die hinter Meier stehenden Italiener traten zurück. Sie befürchteten, dass der Russe auch zu ihnen kommen würde.

Nachdem sich Nikita von Meier gelöst hatte, sagte er: „Wie früher in DDR und Sowjetunion, brüderlich teilen."

Zaman, der sich bis jetzt zurückgehalten hatte, kommentierte: „Daran kann ich mich aber nicht erinnern."

Nikita überhörte großzügig diesen Einwurf. „Wir aufstellen großes Schild, Deutsch, Englisch, Chinesisch und Sorbisch: Betreten verboten. Du nimmst Mantel, ich Wasser.

„Moment mal" meldete sich wieder Zamann, „ihr macht die Rechnung ohne den Wirt. Wenn es hier einen Tarnmantel geben sollte, dann gehört er uns. Das entscheidet der Ort des Fundes."

Die Italiener sagten beide gleichzeitig: „Si, Ötzi anche Italia."

„Nein. Mir gehört er."

Es war Doris, die diese Forderung selbstbewusst und schrill aussprach. Im Übereifer ihrer Suche in den natürlich entstandenen Stollen hatte sie Anne und Katharina verloren. Für so einen Fall war ausgemacht, dass sie sich am See treffen würden. Auch, wenn sie nichts gefunden hatten, was bei ihr jetzt der Fall war. Herbst antwortete darauf lakonisch: „Dazu muss man den Tarnmantel erst einmal haben."

„Wir haben ihn", erwiderte Doris, um keinen Zweifel aufkommen zu lassen. Dass sie jetzt bluffte, hatte den einfachen Hintergrund, dass sie die Männer loswerden wollte, um in Ruhe weiter zu suchen.

„Da dürfte ich dich jetzt nicht sehen", dachte Herbst laut.

Doris, die ihr Handwerk als Bankerin immer noch beherrschte, bluffte weiter. „Du siehst mich, aber nicht Anne und Katharina."

„Wo ist Katharina?"

„Vielleicht hinter mir? Vielleicht neben mir? Vielleicht neben dir, vielleicht bei den anderen?"

Jetzt wurden nicht nur Herbst, Zamann und Kruber nervös, sondern auch die Geheimdienstleute. Die Männer von Nikita luden die Maschinenpistolen durch. Meier zog die Pistole aus dem Schulterhalfter und erwartete das auch von den Italienern. Luigi und Carlo schauten jedoch nur hilflos zu ihrem Chef. Sie hatten ihre Waffen im Hotel vergessen.

„Wohin wollt ihr schießen", fragte Doris. Sie zeigte in verschiedene Richtungen: „Dahin? Dorthin? Hoch? Runter?"

Der am Tarnmantel interessierte Meier knirschte mit den Zähnen. Er wollte sich diesen Fund nicht kurz vor dem Ziel von den Frauen abnehmen lassen. Nicht umsonst hatte er für diese Reise sein diesjähriges Finanzbudget ausgeschöpft und sich die Mühe eines Einbruches bei Herbsts Verleger in Pirna gemacht. Ohne Tarnmantel brauchte er sich bei seinem General nicht blicken zu lassen. Sein Chef hatte bereits Kontakte mit den revolutionären deutschen Linken aufgenommen. Sobald sie im Besitz des Tarnmantels waren, würden sie die DDR wiedererrichten. Meier mit seiner Auslandserfahrung, die verhältnismäßig wenige DDR-Bürger besaßen, sollte Außenminister werden. Um diesen Posten, auf dem man für viel Geld wenig tun musste, kämpfte er weiter. „Wie wäre es mit einem Tausch?" schlug er Doris vor, „Die Unsichtbarkeit gegen lebenslanges Gastrecht in einem Sieben-Sterne-Hotel an der Côte d' Azur? Mit Meerblick, Nutzung aller hoteleigenen Anlagen, Vollpension und Getränke all inklusive?"

Doris konnte über dieses Angebot nur schmunzeln. „Können Sie mir das auch im Vatikan und im Castel Gandolfo bieten? Nicht als Gast, sondern als Päpstin?"

Bei Meier öffnete sich langsam der Mund. Danach schloss er ihn noch langsamer, und dann kam von ihm nur noch ein schlichtes, einfaches: „Nein."

„Tja", sagte sie und hob bedauernd die Schultern, worauf Meier den Kopf senkte.

Doris verkündete triumphierend: „Noch heute werde ich nach Rom fliegen und das Konklave einberufen. Wenn ich in alle Strukturen hören und sehen kann, dann wird schon beim ersten Wahlgang weißer Rauch aus dem Petersdom aufsteigen. Doch das wird nur mein Anfang als Päpstin sein. Die alten Männer werde ich in die Seniorenheime schicken. Ihre Funktionen werden von ehrgeizigen Frauen besetzt. Dann wird wieder das Matriarchat herrschen, wie am Beginn der menschlichen Evolution. Nach der Macht im Vatikan werden bald auch die weltlichen Regierungen von Frauen übernommen."

Auf ihr Vorhaben reagierte Kruber mit: „Um Gottes Willen, überall Alice und Angela ..."

„Da wollen ich lieber tot sein" bekundete Nikita.

Erstmals konnten die Männer den Russen verstehen, der schon mal probeweise die Pistole auf seine Stirn richtete. Doch zunächst musste er noch einen Befehl ausführen: die Besetzung des unterirdischen Gewässers. Er befahl einem seiner Untergebenen, hierzubleiben, den See vor Verunreinigung zu schützen und gegenüber Feinden unter Einsatz seines Lebens zu verteidigen, wer immer es auch sein mochte. Mit dem Hinweis, dass die Ablösung in zehn Tagen erfolgt, ließ er den neuernannten Posten stehen. Die Frage des Mannes, wie er in dieser Zeit verpflegt werden sollte, wurde nicht beantwortet. Stattdessen wurde ihm bei Androhung der Todesstrafe untersagt, vom unterirdischen Wasser zu trinken. Hilflos schaute der zurückgelassene Russe auf die noch am See stehenden Herbst, Zamann, Kruber und Doris, die zusahen, wie Nikita und sein Begleiter den Ort des Geschehens verließen.

Meier folgte Nikita. Gebeugt schleppte er sich zum Ausgang. Carlo und Luigi trösteten ihn mit dem italienischen Sprichwort „Italiano Dom non solo asciuga cacrime, ma anche Piangere", was übersetzt heißt: Italiens Sonne trocknet nicht nur Tränen, sondern auch Sorgen. Meier nickte schwach. Er kannte nur das deutsche Sprichwort: Die Hoffnung stirbt zuletzt.

Doris hatte noch diese Hoffnung. Doch diese schwand mit dem Erscheinen von Anne. Sie teilte mit, dass sie nichts gefunden, jedoch in den Gängen den Kontakt zu Katharina verloren habe.

Herbst sprang auf. "Wir müssen sie sofort suchen. Wer weiß, wo sie jetzt ist und ob ihr vielleicht etwas passiert ist", rief er aufgeregt.

„Weit kann sie nicht sein, ich habe sie schreien gehört, ich glaube, wegen Mäusen."

Doris wollte die Suche nach Katharina verhindern. Das Objekt ihrer Begierde konnte dadurch möglicherweise in die falschen Hände kommen. Sie wollte allein suchen.

„Kommt nicht in Frage", widersprach Herbst und ging zu dem Felsengang, aus dem Anne herausgekommen war.

Von diesem Disput bekamen Zamann und Kruber nichts mit. Beide waren um Anne bemüht. Es war ein rührender Anblick. Anne wurde von ihnen getröstet und gestreichelt. Kruber wischte ihr mit seinem Taschentuch Schmutz aus dem Gesicht. Zamann hatte ihre Schuhe ausgezogen und massierte ihre Füße mit der Frage: „Hast du das immer noch so gern?"

Als er noch ihre Schultern massieren wollte, kamen sich die Männer ins Gehege. Sie begannen darüber zu diskutieren, wer welchen Teil von Annes Körper behandeln darf.

Herbst befand sich wenige Meter vor dem Felsengang, als ihm Katharina entgegen kam.

Doris fragte sie sofort: „Hast Du den Tarnmantel gefunden?"

„Nein."

Herbst, der ihr entgegen ging, bemerkte, dass dieses Nein ein wenig seltsam klang.

Epilog

Dresden. Brühlsche Terrasse. An der Freitreppe zur Hofkirche hat sich eine Frau zwischen zwei Männer eingehakt. Sie schauen auf den Theaterplatz vor der Semperoper. Eine Straßenbahn fährt nach einem engen Bogen die Steigung zur Augustusbrücke hinauf. Nachdem die Bahn vorbei ist, sieht Anne am Italienischen Dörfchen, wie eine Klarissin einen Mann leidenschaftlich umarmt.

„Ist das nicht …?", fragt Anne ihre Männer.

Zamann bestätigt: „Ja, das sind Katharina und Dietmar Herbst."

„Dürfen die denn so spazieren gehen?"

„Du darfst es doch auch", lautete seine Antwort.

„Sogar mit zwei Männern", ergänzt Kruber.

Zamann nickt Kruber bestätigend zu, was Anne mit Wohlwollen registriert.

„Es sieht aus, als wollen sie in die Semperoper gehen."

„Wo", fragt Anne plötzlich.

„Na, dort, beim König Johann …" Kruber stutzt. „Gerade habe ich sie noch gesehen. Jetzt sind sie weg."

Zamann schaut suchend auf den Theaterplatz. Dann sagt er verwundert: „Ich kann sie auch nicht mehr sehen. Seltsam, als wären sie unsichtbar geworden…"

Das Buch zum Buch:

Dietmar Herbst

PANTHEON

**Eine fast kriminelle Geschichte
mit Gott, Mephistopheles, Faust,
Wagner und Gretchen**

Also, wer erwartet, dass in der Welt die Teufel mit Hörnern und die Narren mit Schellen einhergehen, wird stets ihre Beute oder ihr Spiel sein.

Arthur Schopenhauer

Prolog im Himmel *

Der Herr. Die himmlischen Heerschaaren.
Nachher Mephistopheles.
Drei Erzengel treten vor.

Raphael: Die Sonne tönt nach alter Weise
In Brudersphären Wettgesang,
Und ihre vorgeschriebne Reise
Vollendet sie mit Donnergang.
Ihr Anblick gibt den Engeln Stärke,
Wenn keiner sie ergründen mag;
Die unbegreiflich hohen Werke
Sind herrlich wie am ersten Tag.

Gabriel: Und schnell und unbegreiflich schnelle
Dreht sich umher der Erde Pracht;
Es wechselt Paradieseshelle
Mit tiefer, schauervoller Nacht;
Es schäumt das Meer in breiten Flüssen
Am tiefen Grund der Felsen auf,
Und Fels und Meer wird fortgerissen
In ewig schnellem Sphärenlauf.

Michael: Und Stürme brausen um die Wette,
Vom Meer aufs Land, vom Land aufs Meer,
Und bilden wütend eine Kette
Der tiefsten Wirkung ringsumher.
Da flammt ein blitzendes Verheeren
Dem Pfade vor des Donnerschlags;
Doch deine Boten, Herr, verehren
Das sanfte Wandeln deines Tags.

Zu Drei: Der Anblick gibt der Engeln Stärke,
Da keiner dich ergründen mag,
Und alle deine hohen Werke
Sind herrlich wie am ersten Tag.

Mephistopheles: Da du, o Herr, dich einmal wieder nahst
Und fragst, wie alles sich bei uns befinde
Und du mich sonst gewöhnlich gerne sahst,
So siehst du mich auch unter dem Gesinde.
Verzeih, ich kann nicht hohe Worte machen,
Und wenn mich auch der ganze Kreis verhöhnt;
Mein Pathos brächte dich gewiß zum Lachen,
Hättst du dir nicht das Lachen abgewöhnt.
Von Sonn' und Welten weiß ich nichts zu sagen,
Ich sehe nur, wie sich die Menschen plagen.
Der kleine Gott der Welt bleibt stets von
gleichem Schlag
Und ist so wunderlich als wie am ersten Tag.
Ein wenig besser würd er leben,
Hättst du ihm nicht den Schein des Himmelslichts
gegeben;
Er nennt's Vernunft und braucht's allein,
Nur tierischer als jedes Tier zu sein.
Er scheint mir, mit Verlaub von Euer Gnaden,
Wie eine der langbeinigen Zikaden,
Die immer fliegt und fliegend springt
Und gleich im Gras ihr altes Liedchen singt;
Und läg er nur noch immer in dem Grase!
In jeden Quark begräbt er seine Nase.

Der Herr: Hast du mir weiter nichts zu sagen?
Kommst du nur immer anzuklagen?
Ist auf der Erde ewig dir nichts recht?

Mephistopheles: Nein, Herr!
Ich find es dort, wie immer, herzlich schlecht.
Die Menschen dauern mich in ihren Jammertagen,
Ich mag sogar die armen selbst nicht plagen.

Der Herr: Kennst du den Faust?

Mephistopheles: Den Doktor?

Der Herr: Meinen Knecht!

* Zur Erinnerung an die Goethe-Stunden-Schulzeit

200 Jahre später

Der Herr lag auf seiner Couch. Es war Sonntag, und er gab sich seiner Lieblingsbeschäftigung hin: Lesen. Er las Sagen. Gott mochte Sagen. Sie waren für ihn romantische Geschichte, obwohl – schließlich kannte er ja die Wahrheit – vieles von den Menschen übertrieben oder einseitig dargestellt wurde. Leider gab es auf der Erde nur noch wenige, die Sagen lasen und davon noch weniger, die sich ernsthaft mit ihnen beschäftigten. Der Herr war in den letzten Jahrhunderten toleranter geworden. Las er anfangs nur die christlich geprägten Volkserzählungen mit gottesfürchtigen Menschen, die sich gegen die Machenschaften des Teufels wehrten, so eignete er sich jetzt auch die heidnisch überlieferten Sagen an. Selbstverständlich beschäftigte er sich nur aus rein wissenschaftlichen Gründen mit Riesen, Drachen und Zwergen. Im Moment las er die Sage vom unterirdischen Fluss im Elbsandsteingebirge. In dieser Gegend, die Einheimische auch gern Sächsische Schweiz nennen, entdeckt ein Waldarbeiter eine Felsöffnung. Von Neugier getrieben, geht er hinein. Nach einigen Minuten im düsteren Gesteinstunnel kommt er in eine große Grotte, durch die ein hell erleuchteter Fluss fließt. An diesem Fluss wäscht ein Zwerg Gold und Edelsteine aus dem Wasser. Als der Zwerg den Mann sieht, erschrickt er und fällt in den Fluss. Der Zwerg wird von der Strömung mitgerissen. Er hat nicht die Kraft, um an das Ufer zu schwimmen.

Es klingelte. Obwohl es Gott selbst verboten war, verfluchte er den Störer, der ihn aus dieser spannenden Sage riss. Ächzend erhob er sich von der Couch und setzte sich schwerfällig in seinen barocken Regierungsstuhl. Dann zog er die Tastatur des Computers an sich heran und tippte auf „Eingang". Auf dem überdimensionalen Flachbildschirm erschien Mephistopheles vor dem Himmelstor. Er hatte eine dicke Akte in der Hand, und Gott wusste sofort, dass er wieder eine Seele in die Hölle holen wollte.

Der Herr ließ ihn ein, und wenige Minuten später stand der Höllensohn vor ihm. Im Original, ohne Verkleidung, wie ihn Gott geschaffen hatte.

Für alle, die noch keinen Teufel gesehen haben, hier eine kurze Beschreibung: Auf den beiden, krummen Bocksbeinen befindet sich ein mittelgroßer, dünner, behaarter Körper. Hinzu kommt ein abgezehrtes Gesicht mit schwarzen Augen, geblähten Nüstern, vorstehenden Wulstlippen, spitzen Kinn mit spärlichem Bärtchen und natürlich Eselsohren und Hörnern auf dem Kopf.

„Es handelt sich um Dietmar Faust, geboren am 19. Mai 1948 in Dresden", begann der Teufel und legte ein Formular auf den Tisch.

„Was hat er getan", fragte Gott.

„Er glaubt weder an Gott, noch an den Teufel."

„Das machen viele."

„Aber er schreibt darüber."

„Das ist etwas anderes." Gott zog das Formular an sich heran. Es war betitelt mit *Bestätigung zur Übernahme eines Menschen in die Hölle zur dortigen weiteren Verfügung*, kurz: Bümdov.

„Und wie wird er sterben?"

„Es wird relativ schnell gehen", erwiderte der Höllensohn. „Faust ist Diabetiker und bekommt einen Schwächeanfall. Wegen Unterzuckerung wird er ins Krankenhaus gebracht. Das ist nicht lebensgefährlich, aber dort hat Doktor Schulze in der Notaufnahme Bereitschaft. Schulze, wir nennen ihn in der Hölle Sterbefix, wird Faust auf Herzinfarkt behandeln, und das war's dann."

Gott zögerte. Irgendetwas hinderte ihn, seine Unterschrift auf das vorbereitete Formular zu setzen. „Dietmar Faust, von einem Dietmar Faust lese ich gerade. Sag mal, ist es etwa der aus Dresden?"

„Ja, er ist Literaturwissenschaftler und sammelt Sagen."

Es sei an dieser Stelle eingefügt, dass der Teufel sehr wohl um Gottes Leidenschaft wusste und insgeheim hoffte, dass der Alte nicht daran dachte. Doch er irrte sich.

Der Herr legte das noch nicht unterschriebene Bümdov-Formular zur Seite und gab den Namen und das Geburtsdatum des Wissenschaftlers in den Computer ein. Es dauerte nicht lange, und Doktor Herbst erschien auf dem Monitor, abgebildet von Kopf bis Fuß, und dies im Vergleich zu seinem Anblick vor zehn Jahren. Im Raster zeigten sich ein Kopfhaarverlust von 38 Prozent sowie eine Gewichtszunahme von 15 Kilo. Hierbei waren besonders Hüften und Bauch schraffiert. Der Sagen sammelnde Herbst hatte das typische Aussehen eines Fünfzigers, der begonnen hat, Tabletten gegen Bluthochdruck zu schlucken und sich vorsichtig bei Feiern und Familienzusammenkünften nach guten Ärzten erkundigt. Kurzum, nicht einmal die himmlische Blickzeitung würde an einem Herzinfarkt zweifeln.

Mephistopheles wurde unruhig. Aus mehrtausendjähriger Erfahrung wusste er, dass Gott nicht nur gern Sagen las, sondern auch deren Hüter und Sammler begünstigte.

Der Herr stieß ein kurzes „Hm" aus und rieb sich lange mit der linken Hand das Kinn. Dann fragte er: „Was macht er jetzt?"

„Er hält einen Vortrag über Sagen. Du kannst es dir ja ansehen. In den Sommerferien macht er das vor Urlaubern im Elbsandsteingebirge."

Gott schaltete seinen Computer auf Live um.

Mephistopheles spottete: „Kannst ruhig näher ran zoomen, das Publikum wird dir nicht die Sicht nehmen."

Auf dem Monitor erschien jetzt Doktor Dietmar Faust. An einem kleinen Tisch sitzend, las der Literaturwissenschaftler Frauen vor. Es waren drei.

Mephistopheles erläuterte: „In der ersten Reihe schläft seine 86-jährige Mutter. Dahinter, die immer auf die Uhr schaut, ist die Veranstalterin, und in der zwölften Reihe wartet die Reinemachefrau. Er spricht schon zehn Minuten über Sagen in dieser Region. Jetzt lässt er sich über den sächsischen Sagensammler Meiche aus."

„An den Professor Meiche aus Sebnitz kann ich mich erinnern. Leider hat er nicht die Sagen von Rübezahl in sein Buch aufgenommen. Die finde ich besonders schön."

Mephistopheles verdrehte die Augen wie ein pubertierender 13-Jähriger, dessen 28-jährige Mutter die Gefahren mit Mädchen erklärt. „Mir reichen seine 1268 Sagen, die er 1903 veröffentlichte. Gott sei Dank hat sich seitdem keiner mehr damit beschäftigt."

„Doch, er: Faust", widersprach Gott und zeigte mit seinem berühmten Michelangelo-Finger auf den Monitor. „Er hat sogar Sagen wiederentdeckt, die Meiches Vorgänger Gräße, Zienert, Störzner und Götzinger weggelassen haben."

„Ja, lieber Gott, diese Sagen wurden ignoriert, weil sie heidnisch waren. Das ging gegen den Glauben der Sagensammler und vor allem gegen den der Geldgeber. Wie sagt man? Wessen Brot ich ess, dessen Lied ich sing."

„Wir leben jetzt in einer anderen Zeit", relativierte Gott.

„Ach, ja?"

Gott ignorierte den ironischen Ton seines Untergebenen und bestimmte: „Ich möchte jetzt Fausts Vortrag hören."

„Darf ich gehen?"

„Nein."

„Darf ich mich setzen?"

„Nein." Gott drehte den Ton lauter.

Faust beamte die sächsische Landkarte an die nicht mehr ganz weiße Wand, worauf man die Handlungsorte der Sagen sehen konnte. Dazu zitierte er Meiche, der die Sage als Mutter der Geschichte sah. „Wir sehen, das Erzgebirge übertrifft alle anderen Landschaften Sachsens an Gespenstersagen. Es wird zu erwägen sein, ob der Beruf des Bergmanns deren Ausbildung begünstigte. Irrlichtsagen fehlen sowohl aus dem Leipziger, wie aus dem Meißnischen Kreise, sodass man versucht ist, an einen Einfluss der Landesnatur zu denken. Der Osten Sachsens stellt sich vornehmlich als das Gebiet der Drachensagen dar. Ist das bloßer Zufall oder haben die Slawen daran besonderen Anteil? Beruht das Vorwalten romantischer Sagen im Südwesten des Vaterlandes auf der Gemütsart seiner Bewohner? Für die Gegend um Rochlitz hat sich der Zusammenhang zwischen Gespenstersagen und prähistorischen Fundorten erwiesen. Knüpfen sich vielleicht auch Zwergensagen an vorgeschichtliche Fundstätten und warum fehlen sie im sächsischen Vogtland? Die Antwort auf diese und ähnliche Fragen lässt sich hoffentlich an anderer Stelle einmal geben. – Soweit Alfred Meiche im Vorwort des Sagenbuchs des Königreiches Sachsen, dem das ‚Sagenbuch der Sächsischen Schweiz und ihrer Randgebiete' 1894 voranging." Faust zeigte auf der nächsten Karte, wo Zwergensagen handelten.

„Darf ich mich setzen?", fragte Mephistopheles, der seit geraumer Zeit Kniebeschwerden hatte.

Er musste wieder ein „Nein" hören. Gott hatte ihn einmal auf einen Stuhl setzen lassen. Das Resultat war, dass die Schwefelsäure seines Körpers die Polsterung samt Federkern zerfressen hatte.

Um das Gespräch schnell zu beenden, blieb dem Teufel nur noch eine Möglichkeit: Er musste den Alten in Diskussionen verwickeln, bis der ihn rausschmiss. Darauf hinzielend, sagte er scheinbar interessiert: „Die Sache mit den Zwergen finde ich interessant."

Wie erwartet, runzelte der Herr die Stirn. Er las zwar Sagen über Zwerge, konnte diese jedoch nicht ausstehen. Das hatte einen simplen, ursprünglichen Grund. In der Edda wird behauptet, dass Gott zuerst Zwerge schuf, damit sie Land und Berge bebauten. Er hatte sie mit den uns heute noch bekannten Fleiß und handwerklichen Fähigkeiten ausgestattet. Danach schuf er Riesen. Sie sollten die Zwerge vor wilden Tieren und anderen Gefahren beschützen. Doch die Riesen – wir wissen es aus vielen Märchen und Sagen – waren faul und dumm. So kam es, dass viele Zwerge von Tieren gefressen wurden. Deshalb mussten die Zwerge in die Erde flüchten und dort ihren Lebensraum einrichten. Gott erkannte seine Fehlinvestition und suchte nach einer Alternative, einem Mittelding zwischen Riesen und Zwergen. Das Ergebnis war der Mensch.

Gottes Antwort: „Ich mag keine Zwerge", war demnach gerechtfertigt.

Der Teufel stichelte weiter. „So unrecht hat der Meiche nicht."

„Was meinst du?"

„Ich meine den Zusammenhang zwischen Zwergensagen und vorgeschichtlichen Fundstätten."

Ob Zufall oder nicht, Faust warf zur gleichen Zeit genau diese Frage in den fast leeren Raum. Auf die sächsische Sagenkarte schauend, fragte er rhetorisch: „Warum gibt es im Elbsandsteingebirge kaum Zwergensagen, wo es doch auch dort viele vorgeschichtliche Fundstätten gibt?"

„Interessant", frohlockte der Teufel.

„Was soll daran interessant sein", winkte Gott ab. „Im Elbsandsteingebirge gibt es keine Erze, also keine Zwerge."

„Stimmt nicht, es gibt dort die Sage von der Goldhöhle am Wesenitzbach."

„Dort waren zwei Venezianer, die angeblich eine Goldhöhle gefunden haben. Das war aber sicherlich nur das Kneipengespräch in der dortigen Buschmühle, um den Alkoholkonsum zu steigern."

„Und das nicht weit davon entfernte Zwergloch und der Riesenfuß bei Lohmen? Nach dieser Sage hat es dort ein Bergwerk gegeben, wo reichlich Gold gefunden wurde. Dieser Zusammenhang von Zwergen und Erz müsste doch auch für Gott erkennbar sein?"

Gott blieb stur. „In diesem Gebiet gibt es nur voneinander unabhängige Sagen. Entweder Zwergensagen oder Schatzsagen."

„Ist das nicht merkwürdig?"

„Was soll daran merkwürdig sein?"

„Hör zu, was Faust in seinem Vortrag dazu sagt."

„Wir finden im Gebiet der Sächsischen Schweiz keine Zwergensagen, die mit Schätzen in Verbindung stehen. Dabei hat es sie gegeben. Zum Beispiel die Schatzsage vom Lilienstein. In der ursprünglichen Version wohnten dort Zwerge, die nur einmal im Jahr den Eingang zu ihren Schätzen öffneten. Die Menschen konnten sich an jenem Tag in der dortigen Höhle Gold und Edelsteine holen. Wer mehr nahm, als er für sich und seine Familie brauchte, kam erst wieder nach einem Jahr aus dem Lilienstein. Besonders raffgierige Menschen kamen erst nach hundert Jahren heraus, weshalb sie dann keiner mehr erkannte.

In der Sage ‚Die Höhlen am Frindsberg' rettete ein vor dem Eingang gespanntes Spinnennetz den Prinzen vor seinen Verfolgern. In der Originalfassung waren es Zwerge, die dieses Spinnennetz vor den Eingang knüpften, sodass die Verfolger glaubten, der Prinz könne nicht in der Höhle sein, weil sonst das Spinnennetz zerrissen wäre.

Man hat auch die Bezeichnung Zwerg in dieser Gegend vermieden und dafür „Quarkse" oder „Kleines Männel" verwendet. Stellvertretend dafür stehen die ‚Sage vom Auszug der Quarkse' und die Sage ‚Der Schatz in der ehemaligen Lochfärbe zu Sebnitz'".

Gott widersprach. „Hier irrt der Wissenschaftler. Die Zwerge ließen sich nie mit ‚Zwerge' anreden, nur mit ‚Kleines Volk', deshalb die unterschiedlichen Namen."

Der Teufel blieb stur. „Ist für mich kein Argument. Ich glaube, dass die damalige Obrigkeit keinen Zusammenhang von Zwergensagen und Erzfundorten wollte. Vielleicht sollte auch damit die Suche nach Edelmetallen an diesen Orten verhindert werden und damit..." Mephistopheles verstummte und zeigte auf den Monitor.

„Damit erklärt sich möglicherweise auch", sagte Faust weiter, „dass einige Sagen nicht veröffentlicht und folglich in Vergessenheit geraten sind. Bei meinen Recherchen habe ich unter anderen eine Zwergensage gefunden, die diese Hypothese stützt. Es ist die Sage vom unterirdischen Fluss, die zwischen Lohmen und Rathen handelt. Ein Waldarbeiter, so diese Sage, entdeckt in einer Felsschlucht eine Höhle. Er geht hinein und sieht dort einen unterirdischen Fluss, wo ein Zwerg Gold und Edelsteine aus dem Wasser wäscht. Als der Zwerg den Waldarbeiter sieht, erschrickt er, rutscht auf den glitschigen Steinen aus und stürzt in den Fluss. Der Zwerg wird von der Strömung mitgerissen und droht zu ertrinken. Der Mann eilt zum Zwerg und zieht ihn aus dem Wasser. Zum Dank für seine Rettung bietet ihm der Zwerg zwei Geschenke zur Auswahl an. Er kann sich für Gold entscheiden, sodass er mit seiner Familie bis ans Lebensende ohne finanzielle Sorgen leben kann oder er kann die Begabung zum Wahrsagen erhalten. Der Mann entschied sich für Letzteres. Aus dem armen Waldarbeiter wurde ein gefragter Wahrsager, der fortan gut mit seiner Familie leben konnte."

„Ach so geht das aus." Gott war enttäuscht.

„Doch einige Leute glaubten", fuhr Faust fort, „dass der Wahrsager, weil er wirklich wahrsagte, mit dem Teufel einen Pakt hatte."

„Ja, ja, so schnell kommt man ins Gerede..."

„Du sagst es", kicherte der Teufel.

„Als der Wahrsager, fast hundertjährig, im Sterben lag, wollte er kein Kreuz auf seinem Grab haben. Andernfalls, so prophezeite er, würde aus dem Kreuz ein Baum werden. Der Pfarrer glaubte ihm nicht und ließ trotzdem ein Kreuz aufstellen. Ja, und im folgenden Frühjahr trieben Äste aus dem Kreuz.

Ein Nachfahre hat im Andenken an ihn und an diese Sage ein Henkelkreuz aus Sandstein anfertigen lassen. Dieses Kreuz, so wird erzählt, soll den Weg zum unterirdischen Fluss weisen, wo man sich, wie in der Sage, für Gold und Edelsteine oder für das Wahrsagen entscheiden kann."

„Und was ist wirklich an dem unterirdischen Fuß dran", fragte Mephistopheles seinen allwissenden Herrn.

„Zunächst kann ich erst mal so viel sagen, es gibt ihn."

„Und weiß es Faust?"

„Nein, aber sie weiß es." Gott zoomte tiefer in den Vortragsraum hinein und betrachtete wohlgefällig eine attraktive Mittvierzigerin, die mit einem blauen Kostüm bekleidet, gerade eingetreten war. Sie setzte sich und fragte: „Stimmt es, dass an diesem unterirdischen Fluss römische Schätze lagern sollen?"

Verwundert schaute Faust die vierte Frau im Raum an. Im Gegensatz zu Gott sah er nicht ihre Attraktivität, sondern betrachtete sie nur als Störfaktor. Erstens durch ihr spätes Kommen. Zweitens, weil es noch nie jemand gewagt hatte, seinen Vortrag zu unterbrechen, obwohl er immer zu Beginn sagte, dass man jederzeit fragen könne. Und drittens, weil jetzt seine Mutter aufgewacht war.

„Hier im Elbsandsteingebirge sollen die Römer gewesen sein? Davon habe ich noch nie gehört", gestand Faust.

Dieser plötzliche Dialog ließ die Veranstalterin nicht mehr auf die Uhr schauen. Dafür aber die Reinemachefrau. Sie sorgte sich, weil sie vielleicht den letzten Bus zum Nachbardorf nicht mehr schaffen würde und dann mit ihrem Fahrrad ohne Licht durch den Wald fahren musste.

„Hier an diesem außergewöhnlichen Elbebogen zwischen Wehlen und Königstein stand ein Pantheon. Es war für die Römer das nordöstlichste Delphi", beharrte die Frau im blauen Kostüm.

„Mit Orakel und so?" fragte Faust zurück.

Sie bemerkte den spöttischen Unterton und gab gereizt zurück: „Ja, mit Orakel und so."

„Und was macht Sie sicher, dass dieses Delphi nicht von den Christen zerstört oder eine Kirche darauf gebaut wurde, wie es in Köln geschah?"

„Weil es von diesem Tempel keine Steine in den Bauten dieser Gegend gibt."

Faust hatte seine anfängliche Verwirrung überwunden. Er konterte streitlustig: „Und wenn das ein Beweis ist, dass es hier nie ein Pantheon gab?"

„Dann dürfte es in dieser Gegend keine römischen Funde, vor allem in der Elbe geben. Schauen sie sich doch in den Museen um. Hier gibt es 2000 Jahre alte Bronzefibeln, Bruchstücke von römischer Gebrauchskeramik. Es gibt Teller, Schalen und Münzen aus Gold und Silber. Auch Teile von Marmorskulpturen und Tafeln wurden in dieser Gegend gefunden."

„Wer ist diese Frau?" fragte Mephistopheles, dem Gottes Interesse an der Vortragsstörerin nicht verborgen blieb.

„Eine Wahrsagerin."

Der Teufel konnte sein Erstaunen nicht verbergen. „Wen du alles kennst."

„Ich bin eben Gott."

Faust antwortete ihr förmlich: „Glauben Sie mir, meine sehr verehrte Dame, wenn es ernst zu nehmende Hinweise auf ein Pantheon oder einem zweiten Delphi geben würde, dann wäre ich dem nachgegangen."

Sie ließ sich davon nicht beeindrucken und gab noch eine Mutmaßung dazu. „In diesem Pantheon soll es sogar einen Spiegel gegeben haben, mit dem man wahrsagen kann."

Mephistopheles tippte sich mit dem linken dürren Zeigefinger an die Stirn. „Ein Spiegel, mit dem man wahrsagen kann, wie bei Schneewittchen. Irgendwie läuft die nicht rund."

„Mit Spiegel ist ja nicht *der* Spiegel gemeint", erwiderte Gott.

„Das soll einer begreifen: Nicht *der* Spiegel..."

„Mit Spiegel ist Wasser gemeint. Nostradamus hat bekanntlich aus einer Schale Wasser prophezeit."

„Wasser soll der Spiegel sein?"

„Ja, Wasser spiegelt. Das ist ja meine größte Erfindung. Wasser ist von allen Elementen das seltsamste und unerforschteste zugleich. Die Menschen können sehen, wie es aus der Erde kommt und sich zu einem Fluss und schließlich zu einem Meer vereinigt. Sie beobachten, wie es zu Eis erstarrt oder als Wolke davon fliegen kann. Als Regen oder Schnee kommt das Wasser wieder auf die Erde zurück. Es ist verständlich, dass ihnen von allen Elementen, die sie als heilig verehrten, das Wasser über der Erde, dem Feuer und der Luft stand. Es kam für sie aus der dämonischen Unterwelt, stieg in den Himmel und kehrte wieder in den Schoß der Mutter Erde zurück. Hinzu kam, dass dieses Element Feuer vernichten konnte. Im alten Ägypten wurde die Verunreinigung des Wassers mit dem Tode bestraft. Auch Griechen und Römer vergötterten die Quellen und Flüsse. Nördlich der Alpen setzten sich die Fluss- und Quellenkulte von der jüngeren Steinzeit bis zu den Kelten und Germanen fort. Mit dem Wasser des Rheins wurden neugeborene Kinder für ihr kommendes Leben gereinigt."

Mephistopheles ergänzte genüsslich: „Die Christen übernahmen dieses Ritual mit der Taufe, um in den Glauben der Heiden einzudringen und wollten so den Wasserkult beseitigen. Übrigens muss dieser Kult für den Klerus sehr gefährlich gewesen sein. In den Konzilen des 5. und 6. Jahrhunderts ‚wurden religiöse Handlungen an Wasser, Bäumen und Felsen bestraft. Auch im 11. Jahrhundert fragte man noch bei Beichten, ob man an Quellen gebetet, Kerzen entzündet oder Brot geopfert habe. Viele der bedeutendsten Kirchen wurden auf oder über Quellen gebaut. ‚Damit', so Papst Gregor der Große, ‚das Volk zu den Orten, an die es gewohnt ist, sich versammle und den wahren Gott erkenne und anbete. Je stärker der Platz, umso höher die Kirche.' Wo sich jetzt der Kölner Dom befindet, war ein großer Brunnen. Er steht auf einer Weihestätte der keltischen Muttergöttin und auf einem Tempel für römische Götter. Und in Paderborn soll der Dom auf achtzig Quellen stehen. Die Kathedrale von Chartres auf vierundvierzig. Man konnte sie erst im 17. Jahrhundert zuschütten. Unter dieser Kathedrale wird ein Jahrtausende altes keltisches Heiligtum, ein riesiger Dolmen, vermutet. Forschungen an den Fundamenten von gotischen Kathedralen werden immer noch von den Kirchenträgern verhindert. Indem das Christentum dem Wasser nur noch Heilkraft zuschrieb, wurde der heidnische Kult von der Mutter Erde in den Marienkult umgewandelt."

„Wir müssen ja nicht ins Detail gehen", unterbrach Gott den in Vortragslaune geratenen Teufel. „Wichtig ist, dass mit Spiegel Wasser gemeint ist. Kommen wir zur Sage vom unterirdischen Fluss zurück."

„Also kann man mit dem Wasser am unterirdischen Fluss wahrsagen?"

„Das behauptet die Sage", wich Gott aus.
„Und weiß diese Wahrsagerin..."
„Gretchen."
„Gretchen?"
„Ja, die Wahrsagerin heißt Gretchen."
„Das ist ja noch komischer als Faust", kommentierte Mephistopheles.

Der Herr reagierte nicht auf diese Äußerung. Er dachte nach. Dabei schaute er sinnend in das Weltall, wo ihm gerade die ISS die Sicht nahm.

Der Teufel befürchtete, dass sein oberster Dienstherr etwas zu seinen Ungunsten ausbrütete. Kaum hatte er das zu Ende gedacht, kam wie zur Bestätigung sein Auftrag: „Du wirst Faust helfen."

„Helfen soll ich dem – der hat noch nie Kirchensteuern gezahlt?"

„Hier geht es um Größeres. Er ist einer der wenigen Sagenforscher. Da muss man auch Kompromisse eingehen können. Du weißt, ich mag, wie er die Sagen erzählt, so poetisch und gleichzeitig wissenschaftlich."

„Da dürftest du bestimmt der Einzige sein."

Mit einer Handbewegung schnitt der Herr dem Teufel das Wort ab. Er befahl: „Du wirst zu ihm gehen!"

„Bis er sagt: Verweile doch, du bist so schön?"

Gott ging nicht auf das Klassikerzitat ein. „Nein, du wirst Faust zum Ort der Sage vom unterirdischen Fluss führen."

„Und wo ist dieser unterirdische Fluss?"

„Das sollst du selbst herausbekommen."

„Du kannst es mir doch sagen, da geht es schneller."

„Nein."

Mephistopheles knurrte: „Immer diese Launen der Herrschenden."

Plötzlich fragte Gott unvermittelt: „Kennst du Wagner?"

„Den von Goethe?"
„Nein, den Antiquitätenhändler aus Pirna."
„Kenne ich, der ist auch bald dran. Faust und er sind Schulfreunde. Sie haben zusammen Kulturwissenschaften studiert."
„Du musst Faust vor ihm schützen."
„Wieso, sie sind doch Freunde?"
„Eben darum."
„Verstehe ich nicht", gab der Teufel unumwunden zu. Gott schien ihm einiges zu verheimlichen, und dies ließ ihn nach Ausflüchten suchen.

Der Herr bemerkte die Lustlosigkeit des Teufels. Er musste seinen missratenen Engel motivieren. „Wenn du den Auftrag zu meiner Zufriedenheit erledigst, wird es dein Schaden nicht sein."

Diese Bemerkung machte den Satan hellhörig. „Dürfte man Näheres erfahren?"

"Demnächst ist Wolkenrat, und es soll ein neuer Posten in der Weltunion geschaffen werden."

"Welcher?"

"Ich weiß noch nicht. Auf alle Fälle nichts Verbindliches, also etwas, womit man keinen Ärger bekommt. Vielleicht Kommissar für die Entgegennahme von Vorschlägen zum Bürokratieabbau oder Leiter für wissenschaftliche Studien zur gesunden Ernährung während der Beratungspausen."

"Und was sagt die Opposition dazu?"

"Was ist schon die Opposition, wenn es um die Verteilung der Posten geht. Ich biete denen im Gegenzug eine Stelle im Aufsichtsrat der Himmelozon AG."

Mephistopheles war begeistert. Endlich keinen Außendienst mehr. Er reagierte sofort: „Überredet. Ich werde mit Faust den unterirdischen Fluss finden und ihn vor Wagner schützen."

„Und vor Gretchen."

„Vor Weibern muss man sich immer in Acht nehmen."

„Es ist nicht ungefährlich."

„Was soll mir als Teufel schon passieren?"

Gott hob wieder mahnend den Finger. „Dummheit wird nicht bestraft, aber Ignoranz und Arroganz."

„Solange ich Erdkontakt habe, bin ich unüberwindlich."

„Genau das, Mephistopheles, ist Ignoranz und Arroganz."

Gott verabschiedete den Teufel mit: „Den ersten Zwischenbericht erwarte ich in drei Tagen, zehn Uhr Greenwich-Zeit."

Der Teufel war sich seines Erfolges sicher und sah sich schon auf seinem neuen Posten. Er verließ Gott, ohne das Geschehen auf dem Bildschirm weiter zu verfolgen. Später würde er bereuen, dass er so voreilig war. Er hätte sich viele Unannehmlichkeiten ersparen können. Er sah nur noch einen stämmigen Mann, der auf Faust zuging.

Dieses Grinsen, eine Mischung aus Spott und Lachen, kannte sein Gegenüber. Seit ihrem gemeinsamen Studium war dieses Gesicht runder geworden, und es fehlten die Haare darüber.

Faust zeigte auf den Mann: „Wagner, Bernd Wagner."

Faust und Wagner

Drei Stunden später saßen Faust und Wagner auf dem Balkon in der zehnten Etage eines Plattenbaues auf dem Sonnenstein in Pirna. Sinnend betrachteten sie die abendlich erleuchteten Wolken über Dresden.

„Hier sitze ich am liebsten", schwärmte Wagner. „Von hier kann ich bei gutem Wetter, das heißt, wenn es schlechtes Wetter wird, weit ins Land schauen. Die Miete ist so günstig, dass ich nicht zu irgendeiner Lebensgefährtin ziehen muss, um dort den letzten Rest meiner Freiheit einzuwohnen. Weißt du, als ich fünfzig wurde, da habe ich mich gefragt, was machst du die paar Tage noch? Das fragen sich ja die meisten Männer in unserem Alter. Einige kaufen sich dann eine Harley-Davidson und düsen mit vorgestreckten Beinen durch die Landschaft. Das ist mir zu blöd. Andere lassen sich einen grauen Pferdeschwanz wachsen und fahren zu Rockkonzerten der Stones. Mein Haarwuchs, du siehst es, lässt das nicht mehr zu. Manche beginnen noch mal von vorn. Sie heiraten eine junge Frau und machen die Enkel selber. Dazu habe ich nicht mehr die Nerven. Weißt du, da habe ich mich an mein Jugendhobby erinnert: Tauchen. Ich habe meinen alten Ausweis hervorgekramt und bin zu einer Tauchstation gefahren. Dorthin, wo ich vor rund dreißig Jahren Tauchen gelernt habe. Der Tauchklubleiter, ein Bursche Mitte zwanzig, schaute mich wie ein Fossil an. Dann sagte er zu mir: Das soll mein Vater entscheiden. Sein Vater war mein damaliger Tauchlehrer. Er bekam feuchte Augen, als er seine Unterschrift in meinem Ausweis sah. Er gab mir ein Buch und sagte: ‚Das liest du durch. In vierzehn Tagen ist theoretische Prüfung. Wenn du die bestehst, machst du acht Tauchgänge. Das ist die praktische Prüfung. Wenn du bis dahin nicht abgesoffen bist, hast du bestanden.' Und, du siehst, ich bin nicht abgesoffen.

Seitdem gehe ich in meiner Freizeit Tauchen. Manchmal auch, wenn ich keine Freizeit habe. Und es hat einen guten Nebeneffekt. Weil ich mir nicht jedes Jahr einen breiteren Taucheranzug kaufen kann, muss ich darauf achten, dass ich immer wieder da reinpasse."

„Wenn man dich so reden hört, könnte man denken, dass dich die Armut einholt. Ich habe noch nie gehört, dass ein Antiquitätenhändler Pleite gegangen ist."

„Kein Antiquitätenhändler sagt, dass er Pleite ist."

Wagner schüttete das Whiskyglas wieder voll.

Faust hob die Hand. „Um Himmels willen, ich will heute noch nach Leipzig fahren."

„Unsinn, du übernachtest bei mir."

„Aber..."

„Unser Wiedersehen wird gefeiert. Schließlich haben wir uns ein Dritteljahrhundert nicht gesehen."

„Ich..."

„Du hast gesagt, es wartet niemand auf dich."

„Keine Frau, eine Katze muss gefüttert werden."

„Ich kann mich erinnern, dass du keine Katzen mochtest."

„Ist nur zeitweise. Es ist die Katze meiner Ex. Sie ist auf Hochzeitsreise."

„Da muss man natürlich helfen."

„Ich muss jemand anrufen, der die Katze füttert."

„Aha, eine Studentin hat deinen Wohnungsschlüssel."

„Nein."

„Ihr Hochschullehrer habt doch immer eine Studentin."

„Den Schlüssel hat meine Wohnungsnachbarin."

Mephistopheles

Mephistopheles verfolgte das Gespräch von Wagner und Faust an seiner Abhöranlage in der Hölle.

Nach der Beschreibung des Teufels, muss natürlich jetzt die Beschreibung der Hölle folgen. Also, man stelle sich ein sehr großes Großraumbüro mit niedrigen Gipstrennwänden vor. In den einzelnen Zellen, die Mephistopheles von seinem Schreibtisch überblicken konnte, hörten über 200 Teufel die Gespräche auf der Erde mit, kontrollierten die E-Mails oder verfolgten die Bilder der Überwachungskameras. Der Vollständigkeit halber sei angemerkt, dass dieses Großraumbüro nur für Pirna und Umgebung zuständig war und sich weitere sehr große Räume nebenan, darüber und darunter befanden. Aus Datenschutzgründen darf der Autor keine weiteren Einzelheiten nennen.

Der Teufel sann darüber nach, wie er den Auftrag Gottes schnellstmöglich erledigen konnte. Es war nicht nur der lukrative Posten, der ihn lockte. Ihn aktivierte auch, dass er dann niemals mehr mit dem unsäglichen literarischen Faust konfrontiert sein würde. Der Teufel hasste Goethe, diesen kleinen Mann aus Weimar, den auch Rietschel verfluchte, weil er ihn für das Denkmal zu dem kopfgrößeren Schiller erheben musste. Hinzu kam, dass es keinerlei Grund gab, ihn, Mephistopheles, mit dem Alchimisten Georg Faust aus Knittlingen in Verbindung zu bringen. Dieser Faust hatte sich in Staufen, als er wieder einmal Gold herstellen wollte, schlicht und einfach in die Luft gesprengt. Es wäre sicherlich bei einer Sage um diesen Schwarzkünstler geblieben, wenn nicht Goethe das Drama „Tragical History of the Life and Death of Dr. Faustus" von Christopher Marlowe, eines Zeitgenossen von Shakespeare, in die Hände bekommen hätte. Der Spruch: Bücher werden aus

Büchern geschrieben, musste damals seinen Anfang genommen haben.

Auf Mephistopheles' Laptop erschienen die Daten von Fausts Schulfreund Wagner. Es waren nur wenige Fakten. Für den Teufel zu wenig, sodass ihm der Verdacht kam, dass ihm nicht alle Daten zur Verfügung gestellt wurden. Es war bekannt, dass der Geheimdienst „All Information Center", kurz AIC, manches für sich behielt, wenn höhere Interessen bestanden. Selbstverständlich könnte er sich bei Gott beschweren und dann vielleicht weitere Daten bekommen, doch das konnte Wochen oder Monate dauern. So blieb dem Teufel nichts weiter übrig, als aus dem Wenigen etwas zu machen. Das Wenige war, dass Wagner, im Gegensatz zu Faust, nicht die Universitätslaufbahn genommen, sondern die Antiquitäten zu seinem Beruf und später zu einem lukrativen Geschäft gemacht hatte. Aus dem An- und Verkauf von Kunstgegenständen ergaben sich Beziehungen zu Leuten, die sich solche Dinge leisten konnten. Damit konnte er nach der sogenannten Wende staatsübergreifend vermitteln und seine Geschäfte wesentlich erweitern. Frauen waren für ihn Nebensache. Er war Junggeselle geblieben. Für seine Frauenbekanntschaften gab der Computer eine durchschnittliche Dauer von 8,3 Monaten an. Wenn, so vermutete der Höllenchef, die Antiquitäten im Mittelpunkt von Wagners Lebens standen, dann würde er auch nicht zögern, seinen Schulfreund für seine Interessen auszunutzen. Insofern waren Gottes Befürchtungen berechtigt. Wagner würde die römischen Funde aus dem Pantheon zur Seite bringen wollen. Damit käme er zweifelsohne mit dem Wissenschaftler Faust in Konflikt.

Mephistopheles kratzte sich an den Hörnern, was er immer tat, wenn er nicht weiter wusste. Als sein Schreibtisch mit Hornschuppen bedeckt war, kam er auf die Idee, die Hilfe der Zwerge in Anspruch zu nehmen. Nur Zwerge wissen, was es unter der Erdoberfläche zu finden gibt. Nur sie könnten ihm jetzt sagen, wo sich die heidnische Kultstätte befindet.

An dieser Stelle werden sich einige Leserinnen und Leser fragen, ob sie dieses Buch weiter lesen, wegwerfen oder verschenken sollten. Doch warum soll es keine Zwerge geben? Überall auf der Erde gibt es Geschichten von ihnen. Überall – und das deutet auf Überleben hin – sind sie kollektive Wesen. Sie suchen, ähnlich den Hauskatzen, die Nähe der Menschen, wollen aber selbstständig bleiben und flüchten, wenn wir in ihre Lebenswelt eindringen wollen. Paracelsus hat Zwerge gesehen und sich mit ihnen unterhalten, der Bergbauveteran Agricola berichtete über sie, Heinrich Heine hat über sie sehr glaubwürdig geschrieben und auch Luther, der den Teufel sah, zweifelte nicht an der Existenz des kleinen Volkes. Es gibt vielfältige Berichte, meistens von der Landbevölkerung, wo Zwerge die Menschen um Hilfe bei Familienfeiern und Taufen baten.

Auch wenn Sie, verehrte Leserinnen und Leser, noch durchaus berechtigte Zweifel an der Existenz dieser kleinwüchsigen Wesen haben, können Sie trotzdem weiterlesen. Die Handlung wird dadurch nicht geschmälert.

Mephistopheles schaltete die Webcam an seinem PC ein und ging per Internet auf die Zwergenseite. Eine große rote Zipfelmütze füllte den Bildschirm aus. Die Mütze schob sich nach oben, und darunter erschien eine mondän aussehende Blondine, die nichts mit seiner Zwergenvorstellung gemein hatte. Im säuselnden Ton fragte sie: „Sie haben das Zwergenland gewählt. Was darf ich für sie tun?"

„Ich suche ein unter der Erde befindliches römisches Pantheon. Es soll sich in der Sächsischen Schweiz befinden, man sagt auch Elbsandsteingebirge dazu."

„Sie sind hier mit dem Callcenter verbunden. Ich vermittle sie mit der Fachabteilung für Ostfragen und neue Gebirge", tönte sie zurück.

Auf dem Bildschirm erschienen kreisende Zipfelmützen und dazu Volksmusik aus deutschsprachigen Bergregionen. Dazwischen tönte es „Bitte warten, sie werden verbunden" in allen Sprachen, auch sorbisch war dabei.

Nach etwa zehn Minuten, die Minute kosteten 99 Cent, meldete sich ein verrunzeltes Zwergengesicht, das Mephistopheles an Zeichnungen von Rumpelstilzchen erinnerte.

„Es gibt eine heidnische Kultstätte zwischen Königstein und Rathen", sagte dieses Rumpelstilzchen im schnarrenden Ton.

„Könnte ich nähere Informationen haben?"

„Erst nach Abschluss eines Informationsvertrags zu unseren Bedingungen."

„Was für Bedingungen?"

„Dass wir zu sechzig Prozent am Gewinn beteiligt sind."

Der absolute Ton verriet dem Teufel, dass es da keinen Verhandlungsspielraum gab. Trotzdem versuchte er es mit der sozialen Masche. „Es geht um eine wissenschaftliche Entdeckung für die Menschheit."

Rumpelstilzchen verzog amüsiert sein faltiges Antlitz. „Auf diesen Trick falle ich nicht herein, zumal sich dort Münzen aus der Römerzeit befinden."

Mephistopheles versuchte es weiter. „Es geht hier nur um den Handlungsort einer Sage."

„Ich weiß, die Sage vom unterirdischen Fluss."

„Ihr könnt doch vorher das Römergeld rausholen."

„Davon haben wir genug. Wir wollen die Aktienmehrheit bei der Vermarktung."

„Was soll denn da vermarktet werden?"

„Der unterirdische Fluss, Heilwasser, Wellness, kurzum das, worauf die da oben jetzt abfahren."

Mephistopheles gab auf. Er sagte, dass er sich das noch einmal überlegen müsse, obwohl er eigentlich schon wusste, dass er zu keinem Handel mit den Zwergen bereit war. Das schien auch Rumpelstilzchen zu ahnen. Er schaltete noch vor dem Teufel die Verbindung ab.

Jetzt hatte Mephistopheles ein Problem. Wie sollte er Faust zum Ort der Sage führen, wenn er nicht wusste, wo dieser war?

Weiter mit Faust und Wagner

„Übrigens", sagte Wagner, nachdem Faust mit seiner Wohnungsnachbarin telefoniert hatte, „ich habe mich in meiner Diplomarbeit auch mit einem Wahrsager befasst. Im Staatsarchiv Dresden fand ich einen interessanten Fall. Ein Wahrsager wurde 1804 in Hohnstein angeklagt. Den Namen habe ich mir sogar gemerkt: Gretchen. Die Geschichte ist kurz erzählt: Einem Bauern wurden Holzstangen, sogenannte Vermachstangen, vom Feld geklaut. Gretchen sollte ihm sagen, wer der Dieb war. Der Wahrsager riet dem Bauern, auf einem Brett eine Figur zu zeichnen. In diese sollte er Nägel einschlagen. Der Dieb würde dann die Schmerzen spüren und sich stellen oder die Stangen zurückbringen."

„Voodoo lässt grüßen."

„Du sagst es. Aber diese Wahrsagung ist nicht eingetroffen. Deshalb wurde er von dem Bauern angezeigt."

Faust schlussfolgerte: „Im Umkehrschluss heißt das, seine Wahrsagungen hatten bis dahin gestimmt?"

„Scheint so. In den Prozessakten war vermerkt, dass er sich die Kraft der Wahrsagerei von einem unterirdischen Fluss geholt haben soll. Es gab sogar einen Lokaltermin am Teufelssee, wo Gretchen oft gesehen wurde. Doch man hat nichts gefunden, was ihn überführt hätte.

„Teufelssee deutet auf Heidnisches hin. Der Klerus hat die Orte, wo er heidnische Kultstätten nicht zerstören oder darauf keine Kirchen bauen konnte, mit Namen verteufelt."

„Möglich. Ich kenne mich da nicht aus. Als der Wahrsager hochbetagt starb, weigerte sich der Pfarrer ihn auf dem Friedhof zu beerdigen. Doch er musste sich dem Gesetz fügen. Gretchen wurde auf dem Gottesacker beigesetzt."

„Aber so weit wie möglich von der Kirche entfernt."

„Richtig. Und nach seiner Beerdigung kam es noch zu einer Kuriosität. Gretchen wollte kein christliches Kreuz auf seinem Grab haben. Er drohte, wenn man es trotzdem aufstellte, dann würde aus dem Kreuz ein Baum werden. Selbstverständlich stellte der Pfarrer ein Holzkreuz auf sein Grab."

„Und siehe da", ergänzte Faust, „im folgenden Frühling bekam das Kreuz Äste."

„Wieder richtig. Vermutlich hatte der Pfarrer damals, wie auch heute, nur bescheidene Mittel zur Verfügung. Er nahm statt abgelagertem Eichenholz frische Buche oder Weide dafür. Du kennst diese Geschichte?" „Ja, es ist die Sage vom Baumkreuz. Ich konnte sie aber noch nicht lokalisieren. Deshalb war es aus literaturwissenschaftlicher Sicht nur ein Märchen. Wo soll dieser Gretchen gelebt haben?"

„In einem Ort in der Sächsischen Schweiz namens Wehls. Da ist übrigens noch ein Sandsteinkreuz zu sehen, das daran erinnert. Es befindet sich an der äußersten Mauer vom Friedhof, weil es ein Anchkreuz oder auch Henkelkreuz ist."

Faust wunderte sich. „Dieser so genannte Nilschlüssel wurde zuerst von den koptischen Christen verwendet. Das crux ansata ist das Symbol für höheres Leben. Aus dem Dunkel, aus der Nacht, öffnet sich die lichte Blüte, das Leben. Der heilige Franziskus verwendete dieses Kreuz als Unterschrift."

„Hier war es ein heidnisches Symbol."

„Was zum Wahrsager Gretchen passen würde."

Faust war von Wagners Information begeistert. „Wenn der Wahrsager nachweislich Gretchen hieß und in Wehls lebte, dann hast du jetzt aus einem Märchen eine Sage gemacht."

„Gibt es da einen Rabatt bei der Autoversicherung?"

Faust griff sich an den Kopf. „Wie kann ein Mensch mit Abitur so niedere Gedanken haben?"

„Mit 50 kann man mich nicht mehr beleidigen."

„Dann werde ich jetzt etwas für deine Bildung tun, hör zu."

„Ich höre. Mache es aber nicht zu intellektuell, ich handle mit alten Schränken und Stühlen, nur manchmal ist auch ein Buch dabei."

„Dann werde ich es dir mit Bechstein verständlich machen."

„Von dem habe ich ein Klavier, wenn..."

„Sei ruhig, jetzt rede ich."

„Meinetwegen."

„Also, Bechstein schrieb im Vorwort zu seinen gesammelten Märchen folgendes: Das Märchen ist mit dem Kindesalter der Menschheit vergleichbar; in ihm sind alle Wunder möglich, es zieht Mond und Sterne vom Himmel und versetzt Berge. Für das Märchen gibt es keine Nähe und keine Ferne, keine Jahreszahl und kein Datum, nur allenfalls Namen, und dann entweder sehr gewöhnliche oder sehr sonderbare, wie sie Kinder erfinden.

Die Sage ist mit dem Jugendalter zu vergleichen; in ihr ist schon ein Sinnendes, Ahnungsvolles, ihr Horizont ist enger, aber klarer als der des Märchens. Sie deutet bisweilen schon an, wann und wo dieses oder jenes geschehen ist, in welchen Zeitperioden, in welchen Kriegen, sei diese Andeutung noch so unbestimmt und unhistorisch; sie strebt in gewissen Zügen doch schon dem Alter der Reife, der Geschichte zu."

„Aha. Jedenfalls gut gelernt."

„Verstehe doch diese Bedeutung: Bis jetzt ist es ein Märchen vom Baumkreuz. Wenn der Wahrsager in Wehls gelebt hat, dann ist der Ort bekannt, und dann ist es die *Sage* vom Baumkreuz. Eine Sage, von der Meiche behauptet: Eine Sage ist die Mutter der Geschichte."

„Deine Euphorie ist mir unverständlich."

„Ich muss nach Wehls, sofort."

„Würde ich nicht empfehlen. Der Friedhof ist ab 20 Uhr geschlossen, außerdem ist es jetzt dunkel. Morgen, am späten

Nachmittag, habe ich in der Nähe von Wehls zu tun. Ich lade dich dort ab.

Das Kreuz auf dem Friedhof

Wie Wagner versprochen hatte, fuhr er Faust zur Kirche in Wehls, allerdings erst am frühen Abend.

„Das Kreuz ist an der hintersten Friedhofsmauer", sagte Wagner aus dem Auto heraus, klappte die Fahrertür zu und fuhr weiter.

Faust brauchte nicht lange suchen. Das einen Meter hohe Henkelkreuz stand auf einem aus kleinen Sandsteinen gemauertem Sockel. An der Vorderseite des Sockels war ein tanzender Zwerg eingearbeitet, der eine Rose in der Hand hielt.

Ein merkwürdiges grünliches Licht, das von irgendwo reflektiert wurde, gab diesem Kreuz ein mystisches Aussehen. Doch es war noch etwas anderes, das diesem Kreuz etwas Unheimliches gab. Faust konnte es sich anfangs nicht erklären. Erst bei längerem Betrachten fiel ihm auf, dass die Geometrie des Kreuzes nicht stimmte. Es schien, als wäre der Querbalken zu niedrig. Es waren nur wenige Zentimeter, doch es störte das Gesamtbild. Wie konnte, fragte sich Faust, dem Steinmetz ein so gravierender Fehler unterlaufen sein? Faust fotografierte das Kreuz von allen Seiten. Er wollte sich zu Hause alle Details am PC ansehen. Vor allem wollte er sich der ungewöhnlichen Darstellung des Zwerges mit der Rose auf dem Kreuzsockel widmen.

Inzwischen hatte sich der Mond über die Wipfel der Friedhofsbäume geschoben. Immer deutlicher konnte Faust jetzt die Wege und Grabsteine sehen. Bei dem kalten Licht konnte er sogar fast wie am Tag Einzelheiten erkennen. Er dachte darüber nach, ob vielleicht doch eine geheimnisvolle Kraft von diesem „bleichen Gesellen" ausging, dem auch die Pharaonen misstrauten. Wenn er Schlaflosigkeit, Ebbe und Flut schuf, dann konnte er auch andere Wirkungen haben. Ihm kam in den Sinn, dass, so die Statistik, bei Vollmond die meisten Verbrechen geschehen.

Während er seine Fotoausrüstung einpackte, schob sich ein Schatten über den kiesigen Weg. Und dann sah Faust etwas, das ihn vor Schreck lähmte. Der Schatten der vor ihm aufragenden Linde begann sich zu bewegen. Er wurde abwechselnd schmal und breit, kurz und lang. Dann nahm der Schatten das Aussehen eines Kraken an und kroch auf das Kreuz zu. Faust wurde nur noch von einem Gedanken beherrscht: Weg von hier und das so schnell als möglich. Er riss die Tasche mit der Fotoausrüstung an sich und rannte zum Ausgang. Doch nach wenigen Metern war der Weg versperrt, versperrt von einem schwarzen Hund, einem Pudel, den er schon beim Betreten des Friedhofes bemerkt hatte. Jetzt knurrte er drohend und zeigte seine gelben Zähne. Aus seinem halb geöffneten Maul troff fädenziehender Speichel. Die weit aufgerissenen Augen leuchteten gelb und schienen feurige Funken zu sprühen.

Es war reiner Selbsterhaltungstrieb, dass Faust einen Stein ergriff und ihn dem Hund entgegen schleuderte. Der getroffene Pudel sprang jaulend hoch und zerbarst mit lauten Knall in der Luft. Eine gelbe Rauchwolke breitete sich aus und nahm Faust die Luft zum Atmen. Er wurde ohnmächtig.

Mephistopheles

Wie lange Faust auf dem Kiesweg gelegen hatte, konnte er nicht sagen. Als er zu Bewusstsein kam, sah er über sich ein von roten, faserigen Haaren umrahmtes, hageres Gesicht, mit schwarzen Augen, Wulstlippen, spitzen Kinn und Bocksbart.

„Wo bin ich", fragte Faust benommen.

„Auf dem Friedhof", antwortete das Gesicht und kicherte.

Faust erhob sich, um dem üblen Mundgeruch des Mannes auszuweichen. Er sah, dass alles noch so war, wie bevor er das Bewusstsein verloren hatte. Das helle, kalte Mondlicht, die alte Linde und der ungewöhnliche Schatten, der das Henkelkreuz zu umklammern schien. Nur der Hund war verschwunden.

Faust schaute befremdet auf den etwas merkwürdig gekleideten Mann. Er schien seine Sachen aus den letzten drei Jahrhunderten zusammengeborgt zu haben. Die schmalen, nach oben gebogenen Schuhe waren aus der Rokokozeit. Die lederne Schnürhose aus dem 19. Jahrhundert. Das hellgraue Hemd mit dem langen spitzen Kragen wurde vor 50 Jahren getragen, und die Jacke schien von C&A zu sein.

Der merkwürdige Mann verneigte sich theatralisch vor Faust. Er schwang höfisch seinen rechten Arm zur Seite, stellte den linken Fuß vor und tönte mit blecherner Stimme: „Ich bin des Pudels Kern."

„Wer?"

„Des Pudels Kern."

Faust schloss die Augen. Er glaubte zu träumen.

„Du träumst nicht", sprach sein Gegenüber.

„Wer sind Sie?"

„Der stets das Böse will und nur das Gute schafft."

„Irgendwie kommt mir das bekannt vor", murmelte Faust. Für ihn gab es jetzt nur zwei Möglichkeiten. Entweder träumte er immer noch, oder er hatte es mit einem Verrückten zu tun.

"Du träumst nicht und ich bin auch nicht verrückt, ich bin Mephistopheles."

Für Faust war es jetzt an der Zeit, Überlegenheit zu demonstrieren. „Wenn du der Teufel wärst, dann hättest du mich als Pudel nach Hause verfolgen müssen und dich erst in meinem Arbeitszimmer offenbaren dürfen."

„Ich werde mich doch nicht in deine Plattenwohnung quetschen." Mephistopheles kicherte wieder.

„Darüber kann ich nicht lachen", erwiderte Faust beleidigt.

„Ist ja schon gut", besänftigte der Teufel, „war nicht persönlich gemeint. Außerdem halte ich mich lieber im Freien auf. Wie schnell könnte jemand einen Drudenfuß vor die Tür malen. Die Menschen sind ja so schlecht geworden."

Nun musste Faust schmunzeln. „Das vom Teufel zu hören, ist beeindruckend."

„Ich bin immer noch so, wie mich Gott geschaffen hat. Im Gegensatz zu den Menschen. Sie raffen und raffen, und die Zukunft der Welt ist ihnen gleichgültig."

Faust fühlte sich zur Verteidigung der Menschheit herausgefordert. „Wer Gutes sehen will, sieht Gutes, und wer Schlechtes sehen will, sieht Schlechtes."

„Dann sage mir doch, wo gibt es noch Menschen, die sagen: Verweile doch, du bist so schön?"

„Diese Geschichte kenne ich", winkte Faust ab, „allerdings wusste ich nicht, ob es dich wirklich gibt."

„Die schönste List des Teufels ist es, uns zu überzeugen, dass es ihn nicht gibt. Na, wer hat das geschrieben, vor etwa 100 Jahren?"

„Nietzsche?

„Nein, der hat gesagt: Gott ist widerlegt, der Teufel nicht."

„Weiß nicht."

„Baudelaire."

„Aha, und gibt es auch Gott?"

„Selbstverständlich, der schickt mich ja zu dir."

„Gott?", fragte Faust ungläubig.

„So ist es."

„Demzufolge willst du mit mir wetten?"

„Nein. Ich soll dir bei deiner wissenschaftlichen Arbeit helfen."

„Ausgerechnet der Teufel?"

„Kennst du außer mir noch jemand, der dir helfen könnte?"

Faust dachte lange nach und kam zu der einfachen Antwort: „Nein." Sein Misstrauen ließ ihn jedoch sofort nachfragen: „Und wie willst du mir helfen?"

„Ich biete dir meine Hilfe bei der Suche nach dem Ort der Sage vom unterirdischen Fluss an."

„Zu welchem Preis?"

„Du bezahlst keinen Preis."

„Ich muss nichts unterschreiben?"

„Kein Blut und keine Verpflichtung. Außerdem werde ich dich beschützen, denn am Ort der Sage werden 2000 Jahre alte germanische und römische Gegenstände sein."

„Das interessiert mich nicht."

„Aber andere interessiert es."

„Ich bin ja an einer Hilfe interessiert", lenkte Faust ein, „aber ich fürchte, da steckt doch noch was dahinter?"

„Nein."

„Sei ehrlich", forderte Faust.

„Ich will dir nur helfen, weiter nichts."

„Aber warum?"

„Es ist Gottes Auftrag, den ich ausführe. Das ist alles."

Faust schüttelte ungläubig den Kopf. „Ich habe doch noch nie an ihn geglaubt."

„Er hat deine Veröffentlichungen über Sagen gelesen."

„Ach so, einer meiner Literaturfans, warum sagst du das denn nicht gleich. Jetzt verstehe ich das."

Der Teufel atmete auf und dachte, dass es bei Fausts nicht sehr zahlreichen Fans kaum zu Verwechslungen kommen kann.

„Und wie soll unsere Zusammenarbeit funktionieren?"

Plötzlich wurde Mephistopheles unruhig. „Das wirst du noch rechtzeitig erfahren. Wagner holt dich jetzt ab. Ich muss weg."

In dem Augenblick, da er „weg" sagte, war der Teufel verschwunden. Gleichzeitig begann Faust zu überlegen, ob diese Begegnung Realität gewesen oder nur eine Sinnestäuschung war. Er sah sich um. Alles war jetzt wieder so, wie es vor dem Gespräch mit Mephistopheles ausgesehen hatte. Der Schatten der Linde entsprach wieder dem Mondlichteinfall. Alles war still und so normal, als wäre nichts geschehen. Faust zweifelte an seinem Verstand. Oft hatte er sich gefragt, ob man es selbst merkt, wenn man wahnsinnig wird. Nun konnte er diese Frage bejahen. Mit dem Gedanken, seinen Zustand solange wie möglich vor den Mitmenschen zu verbergen, verließ er den Friedhof.

Als Faust zu Hause die Bilder vom Fotoapparat auf den Laptop übertragen wollte, stellte er fest, dass alle Fotos des Henkelkreuzes von einem Grauschleier überzogen waren.

Vom Tiger zum Kater

Am nächsten Tag beschimpfte Faust den Vertragshändler, der sich die missratenen Fotos nicht erklären konnte. Er testete sofort die Kamera. Faust musste im Beisein anderer Kunden zugeben, dass alle im Geschäft aufgenommenen Fotos von hoher Qualität waren. Der Verkäufer triumphierte wie ein Schauspieler auf der Bühne: „Vielleicht liegt es an Ihrem PC. Die älteren Modelle sind möglicherweise nicht mehr kompatibel."

„Es ist ein Laptop, der erst seit diesem Jahr auf dem Markt ist", konterte Faust. Es nützte ihm nichts. Er musste in das höhnisch blickende Gesicht des jungen Mannes schauen.

Der Verkäufer sah in ihm einen Greis, der erst kürzlich von einer Rollfilmkamera aus dem vorigen Jahrhundert auf die digitale Technik umgestiegen war. Und da war noch dieser Blick, der Faust sagte: Das begreifst du sowieso nicht mehr.

Faust erzählte Wagner davon. Der grinste natürlich auch. „Da bist du als brüllender Tiger in das Geschäft gegangen und bist als kastrierter Kater wieder raus gekommen."

Faust gab zu: „Ich glaube, das trifft es."

„Ich habe dir doch von meiner Diplomarbeit und dem Wahrsager Gretchen erzählt", wechselte Wagner das Thema. „Heute suchte ich eine Telefonnummer. Durch Zufall fand ich im Buch den Namen Gretchen. Möglicherweise hat dieser Name etwas mit dem Wahrsager zu tun. Interessiert dich das?"

„Ja, natürlich, alles was mit der Sage vom unterirdischen Fluss zusammenhängt. Wo wohnt...?"

„In Wehls, nicht weit vom Friedhof, wo du gestern warst."

Gretchen

Faust stand vor einer für Umgebindehäuser typischen niedrigen Haustür. Er fand keine Klingel. Nur den Briefkasten mit dem kleinen Schild: Gretchen. Er wollte anklopfen. Im gleichen Augenblick wurde die Tür geöffnet. Vor ihm stand jene Frau, die vergangene Woche seinen Vortrag unterbrochen hatte. Sie trug auch das gleiche blaue Kostüm.

Noch bevor Faust reagieren konnte, bat sie ihn mit den Worten „Ich habe Sie erwartet" ins Haus.

In einem Zimmer, das für dieses Gebäude aus dem 19. Jahrhundert ungewöhnlich groß war, zeigte sie auf einen Jugendstilsessel. „Bitte setzen Sie sich."

Faust war von den museal wirkenden Möbeln beeindruckt. Sie stammten alle vom Ende des 19. und Anfang des 20. Jahrhunderts. Er dachte an Wagner, bei dem sich jetzt sicherlich die Herzfrequenz erhöhen würde.

Frau Gretchen setzte sich ihm gegenüber an den Tisch. Aus einer Porzellankanne, die ebenfalls aus einem Museum zu stammen schien, goss sie ihm Tee in eine bereitstehende Tasse. Sie wusste, dass er Tee mochte, sie wusste auch, dass er ihn mit Milch trank. Wie selbstverständlich, schob sie ihm ein kleines, geschwungenes Milchkännchen aus Porzellan zu.

Faust fragte sich, ob Wahrsagerinnen auch Trinkgewohnheiten aus den Sternen oder der Glaskugel erfahren. Vorsichtig trank er aus der Tasse. Auf seine Höflichkeitsfloskel, dass der Tee sehr gut zubereitet sei, reagierte sie nicht. Sie schaute ihn an, als erwarte sie eine Frage. Also fragte er: „Stimmt es, dass Sie aus der Wahrsagerfamilie Gretchen stammen?"

„Stimmt." Sie schaute weiter fragend.

„Ich forsche nach der Sage vom unterirdischen Fluss. Bisher kannte ich keinen Zusammenhang von dieser Sage und der Sage vom Baumkreuz."

Gretchen fragte: „Haben Sie das Henkelkreuz, ich nenne es Anch, gesehen?"

„Ja, ich war auf dem Friedhof."

„Und Sie haben sich gefragt, was soll der tanzende Zwerg mit der Rose?"

„Ja. Können Sie mir diese Symbole erklären?"

„Leider nein. Mein Vater hat das Anch 1940 anfertigen lassen, als er aus Tibet zurückkam."

Faust wunderte sich. „1940 und Tibet?"

Sie schien seine Verwunderung zu genießen. „Mein Vater war Völkerkundler und befasste sich mit der Bedeutung des heiligen Wassers bei den Völkern. Er war am See Lhamoi Lhatso, auf dessen Wasseroberfläche 1938 die drei tibetischen Buchstaben Ah, Ka und Ma gesehen wurden. Bekanntlich führten sie zum damals zweijährigen Lhamo Thöndup, dem späteren Mönch Tenzin Gyatso, dem jetzigen 14. Dalai Lama.

Nach seiner Rückkehr war mein Vater Mitarbeiter in der Deutschen Bibliothek Leipzig. Er befasste sich mit Hexenprozessen im Mittelalter. Dabei stieß er auf Hinweise über seine und damit auch meine Urahnin, die in diesem Haus gelebt hat und als Hexe bekannt war.

Faust wurde skeptisch: „Damals als Hexe bekannt und überlebt, samt diesem Haus? Da war wohl hier an der böhmischen Grenze keine Inquisition? Man spricht von 46 000 getöteten Hexen in Europa. Davon allein 25 000 in Deutschland."

„Die Deutschen mochten es schon immer konsequent."

„Eben. Deshalb kann ich mir nicht vorstellen, dass sie es überlebt hat."

„Die meisten Frauen, die von der Inquisition gerichtet wurden, waren keine Hexen. Diejenigen, die das wahre Wissen besaßen, wussten, wenn ihre Richter kamen. Sie flohen rechtzeitig und gaben ihr Wissen weiter."

„Der Nachwuchs dürfte sich dennoch in Grenzen gehalten haben."

„Damit sind wir wieder bei der Forschung meines Vaters: Wasser als Wissensspeicher."

„Ich habe davon gehört. Physiker beschäftigen sich mit dieser flüssigen Festplatte."

„Die Taufe könnte hier ihren Ursprung haben. Mein Vater vermutete, dass im Wasser die Wiedergeburt oder auch Reinkarnation begründet liegt."

Für Faust war die Wiedergeburt kein Thema. Obwohl rund siebzig Prozent der Weltbevölkerung davon überzeugt sind, hier auf dieser Erde wiedergeboren zu werden, hielt er das für blanken Unsinn.

Gretchen schien seine Gedanken zu kennen.

„Ich weiß, die Reinkarnation ist für Sie nicht populär. Doch noch bei den Urchristen war diese Lehre ein Bestandteil ihres Glaubens. Das Konzil von 451 hebt noch die Wiedergeburt hervor."

„Ja, und dann kam die Geschichte von Theodora, die von einer Zirkusmitarbeiterin in die höchsten Kreise von Konstantinopel aufstieg. Der plötzliche Reichtum und die Macht ließen sie übermütig werden. Theodora wollte eine Göttin sein. Doch was macht eine Göttin, wenn die Menschen daran glauben, wiedergeboren zu werden?"

„Sie löste den Konflikt, indem sie dafür sorgte, dass die Reinkarnationslehre vollständig aus allen kirchlichen Schriften verschwand. Fortan wurde, wer noch daran glaubte, als Ketzer verdammt."

„Geschichte: Sehr gut!" Gretchen nickte anerkennend und wollte nun ihrerseits nicht nachstehen. „389 ging die größte Bibliothek des Altertums, die Katechetenschule von Alexandria, in Flammen auf. Der Patriarch Theophilus und seine neuchristlichen Fanatiker haben sicherlich freudig in die Flammen geschaut. Alle Schriften des Urchristentums, die einen Einblick in die Anfänge der christlichen Lehre gaben, verbrannten. Alles, was beweisen könnte, dass die Reinkarnation ein fundamentaler Bestandteil des Christentums war, ist damals zu Asche geworden."

„Und da haben wir wieder das Problem: die fehlenden Beweise."

Gretchen gab nicht auf, den Skeptiker zu überzeugen. „Warum", fragte sie, „wurden die Heiden so konsequent verfolgt? Wie groß musste die Angst vor ihnen sein, wenn im zweiten Buch Moses, wo es um das Zusammenleben der Gläubigen geht, an erster Stelle steht: Die Zauberinnen sollst du nicht am Leben lassen. Warum die Höchststrafe für sie? Ich sage es Ihnen. Es ging um die Beseitigung des Glaubens an die Mutter Erde, die Gaia. Die Zauberinnen oder auch Hexen waren ihre Trägerinnen. Deshalb musste das Matriarchat beseitigt werden. Es ist nie gelungen. Die Maria, die damals nur ein vorübergehender Kompromiss sein sollte, ist immer noch präsent.

Im tiefsten Herzen, glauben Sie mir, sind die meisten Christen bewusst oder unbewusst Urchristen und damit Heiden. Wissenschaftlich lässt sich die Existenz eines Gottes nicht beweisen. Selbst mit Jesus gibt es da, nennen wir es mal: wissenschaftliche Streitigkeiten. Beweisen lässt sich nur der Glaube an Götter und die Auswirkungen solchen Glaubens auf die Anbeter."

Faust war von ihrem Engagement für den heidnischen Glauben beeindruckt. Trotzdem war er Wissenschaftler und für diesen zählen nun einmal nur Fakten. „Wenn es die Reinkarnation gibt, dann muss man das beweisen."

„Mein Vater wollte diese Beweise aus einer heidnischen Kultstätte erbringen, vermutlich einem römischen Pantheon. Er war davon überzeugt, dass es hier einen unterirdischen Fluss gibt. An diesem Fluss, das sagte er oft, haben unsere Vorfahren wahrgesagt, und sie haben ihr Wissen durch Reinkarnation weitergegeben. Nach seinem Tod fand ich viele Skizzen, Zeichnungen und Berechnungen zum Henkelkreuz, das er aus Sandstein anfertigen ließ."

„Das heißt, er kannte den Ort des unterirdischen Flusses?"

„Den Ort, aber nicht den Eingang. Danach hat er bis zu seinem Tod gesucht."

Mephistopheles

Als Gretchen die Dokumente ihres Vaters auf dem Tisch ausbreitete, zoomte sich der Teufel näher ins Wohnzimmer. Deutlich konnte Mephistopheles auf dem vergilbten Papier den U-förmigen Bogen der Elbe sehen, in dessen Mitte der Umriss des Liliensteines zu erkennen war. Darüber hatte ihr Vater ein Henkelkreuz gezeichnet. Der Teufel kopierte dieses Kreuz in seinen Computer und schaltete die Suchmaschine Toogle ein. Es dauerte nicht lange, da sah er dieses Kreuz auf dem Friedhof in Wehls. Sein PC zeigte noch einen weiteren Ort an, wo eine Kopie der Zeichnung existierte. Der Ort war in Pirna. Als er sich dort per Überwachungskamera einschalten wollte, kam eine rot leuchtende Meldung: „Datenübertragung erst nach Genehmigung verfügbar. Begründen Sie den Datenzugang." Dazu war ein zwölfseitiges Formular auszufüllen. Aus Erfahrung wusste der Höllenchef, dass er diese Genehmigung erst nach Wochen, wenn nicht sogar erst nach Monaten erhalten würde. So lange konnte und wollte er nicht warten.

Wenn das Kreuz Auskunft über den Ort des Pantheons gab und damit zum unterirdischen Fluss, musste er sich dieses Kreuz im Original ansehen. Dann, so glaubte der Teufel, war das Finden des Eingangs ein Kinderspiel.

Whisky und Ideen

Faust packte eine Flasche Whisky aus. Wagner, der es sich auf dem Balkon gemütlich gemacht hatte, fragte: „Gibt es einen Grund? Ich kenne dich als Geizhals. Moment, du hast dich in die Frau im blauen Kostüm, Gretchen, verliebt."

„Du hast nur zur Hälfte Recht, sie hatte wieder dieses blaue Kostüm an."

Wagner stellte auffordernd zwei leere Gläser auf den Tisch.

Faust öffnete die Whiskyflasche. Nachdem er die Gläser gefüllt hatte, fragte er: „Hast du schon mal von einem römischen Pantheon hier an der Elbe gehört?"

„Ja."

„Meines Wissens war die östlichste Außengrenze Roms der Rhein."

„Irrtum", korrigierte Wagner, „Kaiser Augustus hatte eine Provinz Germania Magna, also Großgermanien, geplant. Demzufolge wäre ein zweites Köln hier an der Elbe durchaus denkbar. Ab dem Jahr 12 vor Christi hatten die römischen Truppen unter dem Befehl von Drusus dem Älteren und Tiberius die Germanen bis zur Elbe im Griff."

Faust zweifelte. „Wenn es hier so einen Ort gegeben hätte, dann wäre es schon gefunden worden."

„Die Römer begannen erst, ihn zu errichten. Sie kamen mit ihrer Flotte über die Nord- und Ostsee in die Ems, Weser, Elbe und Weichsel. Vermutlich waren die ersten Bauwerke Tempel für ihre Götter, um die Germanen damit zu beeindrucken. Bei der Christianisierung hat man auch zuerst Kirchen gebaut, als religiöse Zentren. Mit etwas Fantasie könnte ich mir an der Elbe, nach dem Vorbild von Rom oder auch Köln, einen Tempel für die Götter Jupiter, Juno und Minerva vorstellen. Ebenso einen für den Göttervater Zeus, seine Hera und alle seine ehelichen und meist unehelichen Kinder. Auch ein Marstempel wäre vorstellbar, in dem das Schwert Caesars aufbewahrt worden wäre."

Faust staunte. „Du bist ja in der Antike bewandert."

„Man tut, was man kann, Prost."

Wagner leerte das Glas mit einem Zug. Danach gab er Trinkhinweise. „Wenn du alles auf einmal hinterkippst, dann spürst du ganz deutlich, wie sich dein Körper wohltuend entspannt. Los, probier's mal."

Faust zögerte. Erst nachdem ihn Wagner noch einmal aufforderte, leerte er das Glas mit einem Zug.

„Und jetzt ganz entspannt zurücklehnen. Gleich spürst du's."

Faust bemerkte keine Entspannung.

Wagner schaute ihn fragend an. „Na, merkst du was?"

„Nein", gestand Faust und holte die Zeichnung des Sandsteinkreuzes, die ihm Gretchen gegeben hatte.

„Sie meinte, dass diese Zeichnung auf das römische Pantheon oder auch auf den unterirdischen Fluss hinweist."

Wagner sah auf die ausgebreitete Karte. Als er lange darauf geschaut hatte, sagte er: „Lass mal die Luft aus den Gläsern."

Faust goss erneut ein, und dann kam das, was er befürchtet hatte.

Wagner sagte: „Prost, aber alles zur Entspannung."

Als beide Gläser leer waren, blickte Wagner wieder auf die Zeichnung. „Ich frage mich, was der Zwerg mit der Rose bedeutet."

Mich irritiert mehr, dass dieses Kreuz so ungewöhnlich ist."

„Ungewöhnlich? Was meinst du damit?"

„Der Querbalken sitzt zu tief."

Wagner stand auf, trat vom Tisch zurück und bestätigte dann verwundert: „Stimmt." Er setzte sich wieder, füllte die Gläser und sagte: „Machen wir eine Denkpause."

Denkpause war für Wagner Themenwechsel. Er fragte Faust: „Weißt du, dass die größten Entdeckungen der Welt im Suff gemacht wurden?"

„Welche zum Beispiel?"

„Die Büroklammer."

„Und wer hat die erfunden?"

„Weiß ich nicht. Und noch eine Erfindung, die im Suff gemacht wurde: die Sackkarre."

„Aha."

„Hast du schon mal mit einer Sackkarre gearbeitet?"

„Nein."

„Dachte ich mir. Mit diesem Gerät kannst du alles hebeln und transportieren. Und das, weil alles genau mathematisch und physikalisch für den Menschen berechnet wurde. Die Sackkarre ist eine der bedeutendsten Menschheitserfindungen."

„Und wer hat die erfunden?"

„Weiß ich nicht."

„Aha."

Wagner beendete die Denkpause mit: „Jetzt fangen wir noch einmal ganz von vorn an. Also, wir haben eine Sage vom unterirdischen Fluss, den es hier geben soll. Gibt es noch ähnliche Sagen in diesem Gebiet?"

„Nein."

„Nächste Frage: Gibt es hier Sagen, in denen es einen unterirdischen Fluss geben könnte?"

Faust überlegte. „Wenn du mich so fragst, dann könnte es so einen Fluss dort geben, wo germanische oder auch slawische Heiligtümer waren. Bekannt ist Lichtenhain. Da gab es eine Urwaldlinde. Man vermutet, dass es dort einen heiligen Hain gab. Dafür spricht auch, dass die Lichtenhainer Kirche die älteste in der Umgebung ist."

„Klingt gut, ist aber zu weit weg."

„Ich glaube, wir müssen uns wieder auf den Zwerg mit der Rose konzentrieren."

Wagner bestätigte: „Sehe ich auch so."

„Es gibt Zwerge oder auch Quarkse am Langenhennersdorfer Wasserfall und im Cottaer Spitzberge."

„Das ist auf der anderen Elbseite, also auch zu weit weg."

„In der Nähe wären dann nur das Zwergloch und der Riesenfuß bei Lohmen."

Wagner stand auf, umrundete den Couchtisch, setzte sich wieder und sagte: „Denkpause."

Nachdem Wagner die Gläser gefüllt hatte, kam wieder "Prost" von ihm.

Als beide getrunken hatten, dachte Faust laut: „Vielleicht bringt uns die Rose weiter, die der Zwerg in der Hand hält? Du bist doch von hier, gibt es hier irgendetwas, das mit Rosen zu tun hat? Einen Rosengarten, ein Ort, wo man Rosen züchtet, oder heißt ein Ort Rose, so wie Rosenheim?"

Wagner forderte Faust auf: „Hole mal einen flachen Globus."

„Was meinst du?"

„Eine Landkarte. Die liegt unter dem Fernseher."

Faust hatte Mühe mit dem Aufstehen. Die Karte befand sich glücklicherweise griffbereit im Regal.

Wagner schob die Zeichnung zur Seite und entfaltete die Karte. „Hier ist Wehls", sagte er wie ein General und stellte die Flasche auf Wehls. „Und hier haben wir zwei leere Gläser."

„Eins steht für Zwerg und das andere für Rose?"

„Ich merke, du kannst mir folgen", lobte Wagner.

„Zwerg steht für Schatz, wir können dafür auch Pantheon sagen."

„Oder die Sage vom unterirdischen Fluss."

„Auch richtig."

„Doch was bedeutet der tanzende Zwerg mit der Rose?"

Wagner stutzte: „Wieso tanzender Zwerg?"

„Sieh doch auf die Zeichnung. Der Zwerg mit der Rose tanzt."

Wagner stierte mit glasigen Augen auf den Zwerg und sagte nach langer Pause: „Stimmt, der Zwerg tanzt."

„Also müssen wir Zwerg, Rose und Tanzen suchen."

„Drei geht nicht."

„Warum?"

„Weil wir nur zwei Gläser haben." Wagner schwankte zur Schrankwand und holte ein Glas. Nachdem er es gefüllt hatte, sagte er auffordernd: „So, jetzt können wir weiterarbeiten."

Beide schauten von der Flasche zu den Gläsern.

Nach einigen Minuten gestand Faust: „Ich sehe nichts mit Rose, Zwerg und tanzen."

„Ich auch nicht. Moment, ich weiß, warum wir nichts sehen."

„Warum?", fragte Faust. Er hätte ahnen können, was Wagner vorhatte.

„Wir haben noch zu viel Blut im Alkohol. Gib das Glas her."

„Ich kann nicht mehr."

„Willst du das Geheimnis vom tanzenden Zwerg mit der Ro-ro-rose lüften oder nicht?"

„Ja."

„Na, also."

„Aber nicht so voll", bat Faust.

Wagner überhörte sein Flehen. „Prost."

In Fausts Hals würgte es gefährlich.

„Trink aus, wir müssen arbeiten. Er stellte die Flasche wieder auf Wehls, murmelte „Rose, Rose, Rose" und starrte auf die Karte."

Auf einmal verstummte er und setzte krachend sein Schnapsglas auf die Karte, auf Böhmen.

„Ich habe es. Es ist der Rosenberg."

Faust schüttelte mit dem Kopf. „Kann nicht sein. Die heidnische Kultstätte soll sich auf sächsischem Gebiet befinden."

„Dann suchen wir eben einen Rosenberg in Sachsen." Mit der Beharrlichkeit eines Panzers schob Wagner sein Glas von Planquadrat zu Planquadrat.

Faust war bereits im Übergang zur Schlafphase, als er von fernem hörte: „Hier gibt es nur einen Tanzplan."

Ob es wirklich der Alkohol war, der Faust auf eine Idee brachte, konnte er nicht mehr nachvollziehen. Jedenfalls war er auf einmal wieder hellwach. „Zeige mir mal den Tanzplan und den Rosenberg."

„Da ist der Rooosenberg", sagte Wagner und stellte das Glas so heftig ab, dass Whisky auf Bad Schandau schwappte. Auch mit dem zweiten Glas ging er nicht besser um. „Und hier ist der Tanzplan." Um Sebnitz bildete sich ebenfalls eine Alkoholpfütze.

Faust konnte jetzt wieder klare Gedanken fassen. Er holte die Pergamentrolle, worauf Gretchen das Henkelkreuz gemalt hatte und legte sie auf die Karte zwischen den Tanzplan und den Rosenberg. Das Kreuz passte genau dazwischen.

Auch Wagner schien jetzt plötzlich nüchtern zu sein. Er stieß mit dem Finger auf die Mitte des Kreuzes. „Dort ist der Schatz!"

„Dort handelt die Sage vom unterirdischen Fluss."

„Dort ist die heidnische Kultstätte, das römische Pantheon."

„Deshalb wurde die Querachse vom Kreuz versetzt."

„Die Gegend kenne ich. Dort ist ein Steinbruch. Er wurde vor zweihundert Jahren stillgelegt. Im Steinbruch ist ein See. Ich hatte mir schon oft vorgenommen, da mal zu tauchen."

„Kannst du mir erklären, wo unter Wasser der unterirdische Fluss sein soll?"

„Nein." Wagner stellte fest, dass sein Denkvermögen wieder nachgelassen hatte. Er schwankte zur Hausbar in der Schrankwand und zog die nächste Whiskyflasche heraus.

Faust stöhnte: „Ich kann nicht mehr."

Trotzdem füllte Wagner beide Gläser und stierte wieder auf die Landkarte. „Die dortigen Dorfbewohner nennen ihn den Teufelssee, weil er manchmal über Nacht verschwunden ist."

„Das Märchen kenne ich nicht."

„Ist kein Märchen. Dort gibt es jede Menge Felsspalten, und wenn sich irgendwann zu viel Wasser angesammelt hat, dann läuft es irgendwohin ab."

„Ist das der Teufelssee, wo früher der Wahrsager Gretchen oft gesehen wurde?"

Wagner schlug sich mit der flachen Hand auf die Stirn. „Natürlich, dort war ja 1804 der gerichtliche Lokaltermin. An diesem See muss das Pantheon sein."

„Und wenn es im See ist?"

„Kein Problem. Meine Taucherausrüstung ist immer im Auto."

Faust sah zu, wie Wagner sein Glas leerte. Gleichzeitig begann sich alles um ihn herum zu drehen. Es drehte sich immer schneller. Er konnte sich nicht mehr aufrecht halten und rutschte vom Stuhl.

Fausts Traum

Faust erwachte. Im Kopf dröhnten aufeinander schlagende Teller und Töpfe. Er lag auf der Couch. Wie er dahin gekommen war, wusste er nicht. Mühsam stand er auf und schleppte sich ins Bad. Er vermied den Blick in den Spiegel und stellte sich unter die Dusche.

Nach etwa fünf Minuten kaltem Wasserguss waren die scheppernden Teller und Töpfe nicht mehr zu hören, die Gehirnfunktionen kamen langsam wieder in Gang, und er erinnerte sich an einen Traum. Er sah die Wahrsagerin Gretchen. Sie hatte nicht ihr blaues Kostüm an, sondern trug ein langes, helles Leinenkleid, ähnlich einer römischen Toga. Sie schritt durch einen Felstunnel zu einem unterirdischen Fluss, dessen Wasser hell leuchtete. Sie betrat einen hohen und breiten Tempel. Dort verneigte sie sich vor einem steinernen Pentagramm, das an der Nordseite des Felsentempels eingemeißelt war. Gretchen berührte alle Spitzen des fünfeckigen Sterns, die Darstellung der fünf Elemente: Feuer, Wasser, Erde, Luft und Geist.

Nach dieser Begrüßung ging sie zum Fluss. Dort nahm sie von einem Steinsockel eine silberne Schale und füllte sie mit Flusswasser. Danach ging sie langsam, die Schale vor sich her tragend, zum Pentagramm. Mit der rechten Hand nahm sie Wasser aus dem Gefäß und strich es über eine Spitze des fünfeckigen Sterns. Nachdem sie so das Element Geist angerufen hatte, verneigte sie sich und wandte sich wieder dem Fluss zu. Sie hob beide Arme in die Höhe und sprach für Faust unhörbare Worte.

Die Wasseroberfläche des Flusses begann sich zu verändern. Es schien, als würde die Strömung zum Stillstand kommen. Keine Welle war mehr zu sehen. Auf der Oberfläche bildete sich eine rechtsgewundene Spirale, das Zeichen der Wiedergeburt. Die Zeit schien still zu stehen. Plötzlich sah Faust vor sich eine riesige Wasserwoge. Sie kam auf ihn zu. In dem Augenblick, wo das Wasser über ihn stürzte, war er aufgewacht.

Faust sah sich benommen um. In der Wohnung waren alle Zimmertüren weit geöffnet. Nirgends war Wagner zu sehen. Langsam erhob er sich und ging durch die Wohnung. Wagner war weg. Auf dem Couchtisch, wo noch die Reste des Abends, die beiden Whiskyflaschen, Gläser, Karten und Skizzen lagen, entdeckte er einen Zettel. Auf dem stand: „Ich warte am Teufelssee auf dich."

Am Teufelssee

Schon aus der Entfernung sah Faust Wagners Auto am See stehen. Es stand unmittelbar am Ufer. Aber sein Schulfreund war nicht zu sehen. Seine Taucherausrüstung lag nicht mehr im Auto. Die Vermutung, dass er bereits unter Wasser war, wurde sofort bestätigt. Große, nach oben strebende Luftblasen verrieten nicht nur den Ort Wagners, sondern auch, dass er sehr tief tauchte. Faust bewunderte Wagners Kondition nach dieser nächtlichen Whiskyorgie. Es war zu befürchten, dass Fische, die mit Wagners Ausatemluft in Berührung kamen, sofort betäubt wurden. Noch schwammen allerdings keine bäuchlings auf dem Wasser. Faust konnte jetzt nur noch warten, bis Wagner im wahrsten Sinne des Wortes auftauchte. Er setzte sich auf einen Stein und betrachtete die etwa vierzig Meter hohen Felswände, aus denen bis zum 19. Jahrhundert Steinblöcke herausgebrochen worden waren. Faust versetzte sich in die Lage der damaligen Steinbrucharbeiter. Wie musste ihnen zumute gewesen sein, wenn plötzlich Wasser aus den Felsspalten hervorschoss oder wenn das Gestein ins Rutschen kam und einen von ihnen verletzte oder tötete? Was mussten sie gedacht haben, wenn das Wasser, das einen scheinbar ruhigen See bildete, mitunter über Nacht verschwand? Dass sie ihn deshalb den Teufelssee nannten, war gut zu verstehen.

Mephistopheles wird getroffen

Mephistopheles stand auf dem Friedhof in Wehls und betrachtete das Anchkreuz, an dessen Sockel der Zwerg mit der Rose eingearbeitet war. Es war Sonntagmittag, und wie auf dem Dorf üblich, herrschte Ruhe. Auch die Tiere schienen dies zu wissen. Kein Vogel sang, kein Hund bellte, kein Schaf blökte. Deshalb zuckte Mephistopheles zusammen, als sein Handy klingelte. Es war die 001, Gott. Der Teufel dachte *Gott, oh, Gott* und drückte die grüne Taste. In dem Augenblick, als er sich melden wollte, traf ihn von hinten ein Schlag auf den Kopf. Um Mephistopheles wurde es finster. Er spürte nicht mehr, dass jemand ihn hochhob und ihn mit seinem Radmantel über einen Lindenast hängte.

Als der Höllensohn wieder zu sich kam, erkannte er seine missliche Situation und versuchte sich zu befreien. Er schaukelte, um einen anderen Ast zu erreichen, doch vergeblich. Dann wippte er, damit vielleicht der Ast, an dem er hing, zerbrach oder der Radmantel zerriss. Doch Ast und Mantel waren stabil. Diese Person, die ihn an diesen Ast gehängt hatte, wusste nicht nur, dass der Teufel ohne Erdkontakt hilflos war, sondern auch, wie man ihn richtig aufhängte. Mephistopheles fühlte seine letzte Stunde gekommen. Wie die meisten Menschen, so erinnerte auch er sich jetzt an Gott und rief flehend: „Herr, hilf mir, bitte. Hier leidet eine Seele."

Der Herr ließ nicht lange auf sich warten und sagte mit unüberhörbarer Kritik: "Ich habe dich gewarnt und wollte dich in letzter Sekunde noch retten."

Gott zu sagen, dass ihm diese Klugscheißerei jetzt wenig nützte, hielt der Satan für undiplomatisch. Eine Konfrontation würde sich nachteilig auswirken. Er musste Reue demonstrieren und vorsichtig an die Pflicht Gottes appellieren, Gnade vor

Recht ergehen zu lassen. Deshalb klagte er sofort los: "Ach, hätte ich nur auf dich gehört." Dann stöhnte er laut auf, schloss die Augen, als wolle er sterben und rief mit scheinbar letzter Kraft: "Gott, der Gerechteste von allen Gerechten, walte deines Amtes."

Natürlich freute sich der Herr über diese Selbstkritik, und wie Mephistopheles es erwartet hatte, zeigte er sich gnädig. "Ich sehe, dass du deine Tat aufrichtig bereust, deshalb werde ich dir noch eine Chance geben."

"Oh, Herr, dein Großmut ist unerschöpflich", dienerte Mephistopheles am Lindenast und wartete gespannt auf das, was kommen würde.

"Natürlich kann ich dein Versagen nicht durchgehen lassen, als sei nichts geschehen. Deshalb höre, du wirst am Leben bleiben."

"Danke, oh Herr", schmeichelte der Teufel, ahnte jedoch, dass der sprichwörtliche Pferdefuß gleich kommen würde. Seine Ahnung bestätigte sich.

"Du hast dich von Sterblichen besiegen lassen und damit mein Ansehen geschädigt."

"Wieso?", staunte Mephistopheles.

"Ganz einfach. Wenn die Menschen erfahren, dass man den Teufel überlisten kann, dann nehmen sie die Hölle nicht mehr ernst. Und was folgt daraus?"

"Das weiß ich nicht."

"Dann glauben sie auch nicht mehr an den Himmel und demzufolge an mich. Verstehst du das?

"Nein."

"Ist auch egal. Nun höre meine Verkündung."

"Oh, Gott, lasse es nicht schlimmer kommen, als es ist", murmelte der Teufel leise vor sich hin.

„Ich möchte mal wieder kraftvolles, mit natürlichen Mineralien angereichertes Erdenwasser trinken. Bringe mir zehn Liter Wasser von dem unterirdischen Fluss mit."

Der Teufel atmete auf. Er freute sich zu früh. Mit Gottes Verkündung brach der Ast – und am Boden des Satans Arm.

Der Eingang

Gelangweilt sah Faust den hochsteigenden Luftblasen zu, die an der Wasseroberfläche zerplatzten. Doch dann stiegen plötzlich keine Blasen mehr auf. Von dem Gedanken beherrscht, dass dem restalkoholisierten Wagner etwas passiert sein könnte, zog er hastig sein Hemd und die Schuhe aus. Er lief zur Felswand und sprang dort ins Wasser, wo er zuletzt die Pressluftblasen gesehen hatte.

Faust tauchte sofort unter und suchte nach Wagner. Immer und immer wieder tauchte er hinab. Er konnte den Freund nicht entdecken. Erst als er vor Erschöpfung selbst in Gefahr geriet, gab Faust auf. Er klammerte sich an einen Felsenvorsprung und rang nach Atem. Dann entschloss er sich, ans Ufer zu schwimmen und per Handy die Polizei zu alarmieren. In Gedanken sah er schon, wie Wagners aufgeschwemmte Leiche aus dem Wasser gezogen wurde.

Inmitten dieser grausigen Vorstellung bemerkte er am Ufer einen Hund. Es war ein Pudel, der auf der rechten Vorderpfote hinkte. Ohne zu zögern, lief der Pudel ins Wasser und schwamm auf ihn zu. Faust war klar, dass dies nur Mephistopheles sein konnte, der ihm schon auf dem Friedhof in dieser Verkleidung begegnet war. Jetzt hatte er allerdings keinen Stein zur Hand, mit dem er ihn hätte verwandeln können. Kurz vor Faust schwamm der Pudel zur Seite an die Felswand, wo Wagners Atemluft zuletzt aufgestiegen war. Dort paddelte er einmal im Kreis und tauchte ab.

Faust hatte keine Uhr bei sich, doch nach seinem Empfinden konnte auch ein Hund nicht länger als drei Minuten unter Wasser bleiben.

Es war mehr die Neugier, die Faust zu der Stelle schwimmen ließ, wo der Pudel verschwunden war. Er tauchte ebenfalls.

Nur wenige Zentimeter unter der Wasseroberfläche war ein meterbreiter Felsspalt. Faust ahnte sofort, dass Wagner und der Pudel dort hineingeschwommen waren. Ohne weiter nachzudenken, tauchte er in den Felsentunnel hinein, der schräg nach oben führte. An die Gefahr, dass der Unterwasserweg länger sein könnte, als seine Luft reichte, dachte er nicht. Dennoch war er erleichtert, als es schon nach wenigen Schwimmbewegungen heller wurde, er die Wasseroberfläche erreichte und wieder atmen konnte.

Faust befand sich jetzt im Inneren des Sandsteinfelsens. Ungewöhnlich war jedoch die Helligkeit in dieser Grotte. Tageslicht drang durch viele kleine Felspalten. Dieses Licht wurde vom Wasser reflektiert, sodass er alles um sich herum erkennen konnte.

Als Faust aus dem Wasser stieg, sah er Wagners Pressluftflaschen und die Flossen. Eine Spur von seinem nassen Neoprenanzug führte weiter in die Grotte hinein. Faust folgte dieser Spur.

In der Kultstätte

Faust mochte 100 Meter weit gegangen sein, da öffnete sich der Tunnel vor ihm. Er trat in ein helles, weiträumiges Gewölbe. Hier drang das Tageslicht noch stärker durch Felsspalten und erhellte einen See, der sich vor ihm ausbreitete. An der Seite stürzte Gebirgswasser von zerklüfteten Felsenwänden herab. Faust fühlte sich wie in einem Märchenfilm. Jetzt fehlten nur noch Zwerge, die aus dem Wasser Gold und Edelsteine herausholten.

An der glatten Felswand vor ihm, war ein menschengroßes Pentagramm zu sehen. Es erinnerte ihn sofort an seinen Traum. Es war genau das sternförmige Zeichen, an dem Gretchen Beschwörungen zelebriert hatte, bevor riesige Wellen über ihn zusammenschlugen. Zweifelsohne stand er nicht nur am Ort der Sage vom unterirdischen Fluss, sondern auch in einer heidnischen Kultstätte.

„Wie kommst du hierher?", fragte es hinter Faust.

„Auf demselben Weg wie du", antwortete Faust und wandte sich um.

Wagner, der seinen Neoprenanzug am Oberkörper geöffnet hatte, war fündig geworden. Er trug eine mit Patina überzogene Kupferschale, die randvoll mit römischen Münzen gefüllt war. Seine Enttäuschung war deutlich zu spüren. „Ich hatte mehr erwartet. Das hier", er sah dabei kurz auf die Schale, „zeugt nur vom Handel mit den Römern und nicht von einem Pantheon. Trotzdem, besser als gar nichts."

Faust fragte ahnungsvoll: „Du willst das doch nicht für dich behalten?"

„Nein, wir teilen natürlich."

„Ich möchte, dass wir alles ins Museum geben."

„Du willst also unseren Freistaat ruinieren?"

„Wieso das?"
„Überlege doch mal. Das alles muss restauriert werden. Ich weiß, was das kostet. Und dann kommen noch Gerichtskosten dazu."

„Was haben denn römische Münzen mit Gerichtskosten zu tun", fragte Faust, der Wagner nicht mehr folgen konnte.

„Wenn alles restauriert ist, kommen die Italiener und wollen ihr Geld zurückhaben."

„Dafür ist es schon zu alt."

„Das sagst du. Und was ist mit Ötzi? Der war über 5000 Jahre alt, und trotzdem haben die Italiener die Leiche bekommen. Jetzt kassieren sie für sie in Bozen."

Wagner berührte vertraulich Fausts Arm. „Ich kenne da paar Leute, die würden für das hier sehr gut bezahlen."

Faust ging nicht darauf ein. „Soweit ich die Gesetze kenne, gibt es dafür etwa fünf Jahre. Und nur dann, wenn man sofort geständig ist."

„Von dem hier wissen nur wir zwei."

„Irrtum, drei..."

Erschrocken sahen beide nach oben.

Über dem in den Felsen gemeißelten Pentagramm stand Gretchen.

„Von ihr habe ich letzte Nacht geträumt", stieß Faust erschrocken hervor.

„Und da sage mal einer, Träume sind Schäume."

„Und sie hatte auch dieses helle Leinengewand an."

„Zu Fasching könnte sie damit als Kassandra gehen."

Gretchen schaute drohend auf die beiden Männer herab. „Ihr werdet nichts mitnehmen."

„Und warum nicht", wollte Wagner wissen.

„Weil ihr diesen heiligen Ort nicht verlassen werdet."

„Mit den nassen Sachen werden wir uns erkälten", widersprach Wagner.

„Ihr werdet bald noch nasser werden. Ich werde euch dem heiligen Fluss opfern."

„Ist das ihr Ernst?", fragte Faust Wagner halblaut.

„Die macht immer Ernst."

„Du kennst sie?"

„Natürlich kennt er mich", kam es wütend von oben. „Ohne die Aufzeichnungen meines Vaters, die ich ihm voriges Jahr gegeben habe, hätte er das hier nie gefunden."

Wieder staunte Faust: „Du wusstest schon voriges Jahr davon?"

„Ja, und er kam nicht weiter bei der Suche. Deshalb engagierte er Sie, den Sagenforscher."

„Unser Wiedersehen war also nicht zufällig, sondern deine Idee", fragte Faust den plötzlich wortkargen Wagner.

„Ja, natürlich. Er hatte ja sonst keine", antwortete erneut Gretchen.

„Und das nennt sich Schulfreund, mich so zu hintergehen", zischte Faust empört.

„Der Zweck heiligt die Mittel", entschuldigte sich Wagner. „Ich wollte das Römerzeug, und sie sollte den unterirdischen Fluss haben und wahrsagen, solange sie will und kann. So war es ausgemacht, als wir noch das Bett teilten, 1,40 Meter breit und ehefreundlich."

Gretchen fauchte: „Du hattest nie die Absicht, mich zu heiraten."

„Das gehört nicht hierher", wiegelte Wagner ab.

Dass Faust sich hintergangen fühlte, war jetzt das geringste Übel. Da bekanntlich Liebe und Hass nur eine hauchdünne Wand trennt, machte sich der Sagenforscher Sorgen um seine Zukunft. Mit ungutem Gefühl sah er zu, wie Gretchen beschwörend die Hände hob und prophetisch verkündete:

„Weise Mutter immerdar,

steig herab zu unserer Schar.

Aus dem Strudel wird neues Leben.
Lass einen magischen Kreis uns weben.
Aus dem Element von Feuer komm,
unsere Mutter, uns tausendmal teuer.
Aus dem Element der Erde
deine Essenz und Gestalt uns werde.
Und des Wassers Element,
die Heilige Tochter uns endlich nennt."

„Wie lange müssen wir uns das noch anhören", fragte Wagner.

Gretchen reagierte nicht, sie war jetzt im Trance und rief noch lauter: „Erwache jetzt, meine Herrin, denn unsere Zeit ist gekommen. Wie du mir vor so langer Zeit aufgetragen hast, habe ich deine Kinder behütet. Meine Pflicht ist erfüllt. Gemeinsam mit deinen Kindern erwarte ich deine Rückkehr. Erwache, meine Herrin und nimm mein Opfer, für die neue Zeit."

Schlimmes ahnend, drehte sich Faust zu Wagner um und fragte: „Meint die uns, mit Opfer?"

„Da bin ich mir sicher, schau mal auf den See."

Faust fiel die Kinnlade herunter. Der Wasserspiegel war bedenklich gestiegen. Den abfließenden Bach gab es nicht mehr.

„Ich vermute, dass wir hier ersäuft werden sollen."

„Das fürchte ich auch", antworte Wagner und unterbreitete Gretchen einen Vorschlag. „Würde für deine Göttin auch ein Tieropfer reichen? Wir haben zwar hier keinen Hammel, doch vielleicht tut es auch der Hund da drüben?"

Erst jetzt sah Faust den Pudel, der vor ihm in den Eingang hinein getaucht war. Der Pudel musste Wagners Vorschlag verstanden haben. Er blickte ängstlich, und es schien, als hätte er sich schlagartig um die Hälfte verkleinert.

Merkwürdigerweise fragte sich weder Wagner noch Gretchen, wie der Hund hierhergekommen war. Nur Faust wusste, dass es Mephistopheles war, bei dem mittlerweile auch das steigende Wasser ankam.

Gretchen ging nicht auf den Vorschlag ihres Ex-Geliebten ein. Sie beharrte auf ihre Forderung. „Die Mutter Erde will Menschenopfer. Nur dann erhört sie mich."

„Da kann uns nur noch der Teufel helfen", sagte Wagner ohne zu wissen, dass der bereits hier war und schon nasse Füße hatte.

Gretchen lachte hysterisch. „Der Teufel wird euch nicht helfen, er ist auf dem Friedhof und hängt dort am Lindenbaum. Durch Hypnose erfuhr ich die Wege zum Tempel der Mutter Erde."

„Demzufolge gibt es noch einen Zugang?"

Gretchen beantwortete Fausts Frage: „Diesen Weg werdet ihr nicht mehr erfahren."

Mittlerweile waren Wagner und Faust auf einen Felsvorsprung geklettert, wo sie vermutlich noch eine Viertelstunde sicher waren, bis sie die Flut erreichte. Auch der Teufel sah diesen Felsblock als Möglichkeit, sein Leben um diese Zeit zu verlängern. Mit den typischen Schwimmbewegungen eines Hundes paddelte er zu ihnen.

Faust sah Wagners Tauchgerät an der Wasseroberfläche schwimmen. „Damit kommen wir hier raus", sagte er hoffnungsvoll.

„Wenn die Flasche schwimmt, ist sie leer."

Mit diesem lakonischen Kommentar Wagners schien auch der letzte sprichwörtliche Strohhalm davon zu schwimmen.

Mephistopheles kletterte auf den Steinblock. Mit der rechten Pfote hinkend, kam er zu Faust und Wagner, als wolle er bei ihnen Schutz suchen. Augenblicklich stank es nach Schwefel. Wagner erkannte sofort die Ursache. Angewidert griff er den Pudel im Nacken und schleuderte ihn mit der Bemerkung:

„Wenn ich schon sterben muss, dann nicht mit dem Gestank von dieser Töhle", zu Gretchen.

In hohem Bogen flog der Pudel direkt vor Gretchens Füße. Es folgte eine laute Detonation mit einer gewaltigen gelben Rauchwolke.

Gretchen schrie auf und stürzte von ihrer Kanzel. Mit einem lauten Klatsch fiel sie ins Wasser.

Den Platz, den sie bisher eingenommen hatte, nahm jetzt ungewollt Mephistopheles ein. Gebeugt vom schmerzlichen Aufprall hielt er sich den gebrochenen Arm. In seiner Originalkleidung sah er von oben herab, wie sich die Wahrsagerin auf die kleiner werdende Steininsel zu Faust und Wagner rettete.

Am ganzen Leib zitternd, zeigte sie auf den behaarten Mephistopheles und rief immer wieder: „Der Teufel, der Teufel...!"

Wagner gab Gretchen die Schuld am Erscheinen des Höllenfürsten. Er schrie sie vorwurfsvoll an: „Das kommt von deiner blöden Hexerei!"

Jetzt war es an Faust, den beiden Überlegenheit zu demonstrieren. Als würde er eine Verkäuferin nach der Leergutannahme fragen, wandte er sich an Mephistopheles: „Können Sie mir sagen, wo hier der Ausgang ist?"

Der Teufel massierte sich mit der noch gesunden linken Hand das Genick, an dem ihn Wagner gepackt und weggeschleudert hatte. Er schaute abwechselnd böse auf Wagner und Gretchen. Dann sagte er bockig: „Ich kann es, will aber nicht."

„Die beiden haben nicht gewusst, dass Sie der Teufel sind", entschuldigte sich Faust für Wagner und Gretchen.

„Das ist für mich keine Entschuldigung. Man hängt niemand an einen Ast und wirft ihn auch nicht durch die Gegend. Das gehört sich nicht." Mephistopheles blieb beleidigt.

Das Wasser stieg weiter. Beim immer noch zitternden Gretchen lief es bereits in die Absatzschuhe.

Faust versuchte sein Möglichstes. „Sie wussten ja nicht, dass Sie der berühmte Mephistopheles sind."

Der Teufel reagierte nicht auf diese Schmeichelei. Er schüttelte nur den Kopf und sagte bitter enttäuscht in die Kultstätte hinein: „Mein Gott, sind die Menschen schlecht geworden."

Im Himmel

Als Gott „Mein Gott..." vom Teufel hörte, schaltete sich automatisch seine Direktkamera ein. Die Übertragung war schlecht. Nur undeutlich konnte er in das unterirdische Pantheon sehen, wo sein Diener auf drei Menschen herabblickte. Trotz dieser mangelhaften Bilder war zu erkennen, dass es dort ein Hochwasserproblem gab. Und Gott vermutete auch, dass Mephistopheles ebenfalls ein Problem hatte. Der Herr musste sich ein Bild von der Lage verschaffen. Im Gegensatz zu den menschlichen Gewohnheiten, reiste er nicht hin, sondern ließ sich berichten. Hier sei angemerkt, dass dies nur möglich ist, wenn man seinen Berichterstattern vertrauen kann. Und Gott vertraute seinem Teufel. Er rief ihn an, und Sekunden später stand der Satan vor ihm.

„Was ist mit dir passiert?" fragte Gott erschrocken, als er den durchnässten und frierenden Teufel sah.

„Ich bin im Pantheon gestolpert. Dabei brach ich mir den Arm und habe mir den Halswirbel verrenkt."

Der Herr wehrte ab: „Das als Arbeitsunfall zurechtbiegen, damit eine Kur rausspringt, daraus wird nichts."

„Der Versuch war es wert", antwortete der Teufel kleinlaut.

Gott schaute wieder auf den Monitor, wo sich drei Menschen auf einem Steinblock aneinander drängten.

„Sie hat den Fluss umgeleitet. Nun kann sie nicht mehr zurück um das zu ändern."

„Das heißt, wenn keiner das Wasser aufhält, gibt es drei Menschen weniger auf der Erde?"

„Richtig, Wagner, Faust und Gretchen, die nicht an Gott glauben", bestätigte Mephistopheles.

„Da kann der Faust doch keine Sagen mehr sammeln. Kann man ihn retten?"

„Das Wasser wird nicht um ihn herum fließen."

„Apropos Wasser, hast du an die zehn Liter vom unterirdischen Fluss gedacht?"

Mephistopheles holte Wagners Taucherflasche hervor. „Es sind genau zehn Liter, gut gekühlt."

„Trinken die da unten jetzt aus so großen Flaschen?"

„Das ist die Exportverpackung."

Gott konnte es nicht erwarten und füllte sich sofort ein Glas. Ohne zu zögern trank er es aus. „Das ist ein herrliches Getränk, nicht wie dieses lasche Wolkendestillat hier oben", schwärmte er. „Diese Quelle müssen wir uns unbedingt warm halten, ich meine natürlich kalt."

„Wir sollten langsam eine Entscheidung treffen", erinnerte der Teufel seinen Herrn und zeigte auf den Monitor. „Denen steht das Wasser schon bis zum Hals."

„Da muss geholfen werden. Ich kann nicht Wasser aus einer Quelle trinken, in der Menschen umgekommen sind."

„Es ist eine heidnische Quelle."

„Damit lässt sich leben", entgegnete Gott und wies Mephistopheles an: „Leite das Wasser wieder um."

Als der Teufel im Gehen war, rief ihm Gott nach: „Und bringe gleich noch mal Wasser mit!"

Anmutige Gegend

Faust auf blumigen Rasen gebettet, ermüdet, unruhig, schlafsuchend. Dämmerung.
  Geisterkreis, schwebend bewegt, anmutige kleine Gestalten.

  Ariel. *Gesang, von Äolsharfen begleitet:*
  Wenn der Blüten Frühlingsregen
  Über alle schwebend sinkt,
  Wenn der Felder grüner Segen
  Allen Erdgebornen blinkt,
  Kleiner Elfen Geistergröße
  Eilet, wo sie helfen kann,
  Ob er heilig, ob er böse,
  Jammert sie der Unglücksmann.

  Faust, Der Tragödie Zweiter Teil, Erster Akt (ist auch von Goethe).

200 Jahre und 7 Tage später

Unmutige Gegend

Faust saß im Steinbruch. Doch jetzt am Nachmittag war alles anders. Dort, wo Wagner getaucht hatte, waren nur noch Steine und Schlamm. Der See war verschwunden. Verschwunden waren auch Wagner und Gretchen. Wieder verliebt, waren sie ins Auto gestiegen und davongefahren. Faust konnte auch in sein Auto steigen, aber nicht wegfahren. Das Vorderrad war von einer schweren Kralle blockiert. Ein provisionsabhängiger Wegelagerer hatte sie dort angebracht. Es war seine letzte gewesen, und die hatte er natürlich dem rangniederen Kraftfahrzeug verpasst.

Doch das größere Problem für Faust war die Anzeige wegen Ablassen eines biotopen Sees. Das er nicht von einer Gruppe von Umweltschützern gelyncht worden war, verdankte er dem pädagogischen Geschick eines jungen Polizisten. Bevor dieser begann, Fausts Personalien aufzunehmen, sicherte er ihm Polizeischutz für den Rückweg zu.

Der Polizist fasste Fausts Aussage zusammen: „Am heutigen Vormittag sind Sie in den Felsen da drüben hinein getaucht. Dann sind Sie da drin einem Mann und einer Frau begegnet. Die Frau wollte sie ertränken. Ist das so richtig formuliert?"

„Richtig."

„Und als Sie aus dem Felsen herauskamen, war der See weg?"

„So ist es."

Der Polizist schaute Faust mitleidig an und fragte weiter: „Der Mann, dem Sie in dem Felsen begegnet sind …?"

„Der war vor mir hinein getaucht, mit einer Taucherausrüstung. Nach ihm kam der Pudel angeschwommen und tauchte auch …"

„Ja, ja. Dieser Mann, so sagten Sie, wollte einen Rechtsanwalt informieren?"

„Das hat er gesagt, als er mit der Frau weggefahren ist."

„Mit der Frau, die Sie ertränken wollte?"

„Und auch ihn."

„Hat er noch etwas gesagt?"

„Ich soll bis dahin keine Aussagen machen."

Der Ordnungshüter, der erst seit zwei Monaten im Dienst war, holte tief Luft. Noch heute wollte er seinem Vorgesetzten mitteilen, dass man auf der Polizeischule nur ungenügend auf das Leben vorbereitet wird.

Fausts Handy klingelte.

Der Polizist betete, dass es der angekündigte Anwalt sei. Sein Gebet wurde erhört. Es war der Rechtsanwalt. Er wollte sofort den Polizisten sprechen.

Das Gespräch war kurz. Der Polizist sagte nur immer Ja.

Nach dem zwölften Ja, gab er Faust das Handy zurück, knüllte das Protokoll zusammen und sagte erleichtert: „Es hat sich alles erledigt. Es müssen erst Zeugen gefunden werden, dass der See existiert hat. Was die Kralle an ihrem Auto betrifft, so wird diese schnellstmöglich entfernt. Ihr Auto befindet sich fünf Meter außerhalb vom Naturschutzgebiet. Ihr Rechtsanwalt will das Land Sachsen wegen Nötigung verklagen und Schadenersatz fordern."

Faust freute sich und sagte: „Es ist doch ein schönes Gefühl, wenn alles nach Recht und Ordnung geht."

Auch der Polizist freute sich, obwohl er diese Aussage nicht immer bestätigen konnte.

Es freuden sich auch Gott im Himmel und in der Hölle Mephistopheles.

Personen und Handlungen sind selbstverständlich erfunden. Ähnlichkeiten wären zufällig, ob Sie es glauben oder nicht.

Detlef Merbd

Der Autor wurde ein Jahr vor Gründung der DDR in Radebeul geboren.

Die Polytechnische Oberschule bescheinigte ihm eine durchschnittliche Bildung mit der Empfehlung, einen praktischen Beruf zu ergreifen. Dieser kam er nach und wurde Gärtner.

Außerdem schrieb er Lustspiele für das Fernsehen, Sketchs für Kabaretts und Bücher, die auch unfreiwillig komisch waren.

Nach der DDR verdingte er sich als Versicherungsvertreter und veröffentlichte drei Bücher über den Teufel.

„Faust" Edition Reintzsch, Radebeul, 1998
„Der Angriff der Zwerge auf den Nudelturm zu Dresden" Verlag Gryphon Publishing, München, 2002
„Pantheon", Verlag Norderstedt, 2009

Wie er sonst noch so staatlich beurteilt wurde, finden Sie auf der folgenden Seite.

Dresden/VIII
2
Heller
2291

Dresden   08.08.1989

M e r b d , Detlef
PKZ: 190548 4 22764
wh.: Dresden-Süd, Prohliser Allee 3

M e r b d , Detlef
PKZ: 190548 4 22764
wh.: Dresden-Ost, Tzschimmerstr. 38

Der Genannte ist freischaffender Schriftsteller. Vorher war er
beim Kulturbund in Dresden beruflich tätig. Sein erstes Buch
schrieb er über die NVA. Danach erfolgten literarische Vorlagen
für das Fernsehen, u.a. für "Schauspielereien". Detlef M. ist
in seiner Tätigkeit zielstrebig. Derzeitig arbeitet er an einem
neuen Buch.

Der Überprüfte ist Mitglied der SED. Im Wohnbereich übt er keine
gesellschaftlichen Funktionen aus. M. ist willig und ansprechbar.
Er äußerte gegenüber dem WPO-Sekretär: ..."wenn Du mich brauchst
so werde ich helfen, aber habe beruflich viel zu tun." Innerhalb
der Hausgemeinschaft, wo keine gesellschaftlichen Maßnahmen stattfinden, engagierte sich M. bei Ordnungs- und Pflegearbeiten. Er
ist nicht ablehnend. Gesprächsweise Kontakte verdeutlichen, daß
Detlef M. progressiv eingestellt ist. Es sind keine politisch
nachteiligen Fakten bekannt. Kontakte zu negativen Personen wurden
im Wohngebiet verneint. M. bekannte sich als Genosse. Aus Zeit-

Der gesamte Text der Stasi:

Der Genannte ist freischaffender Schriftsteller. Vorher war er beim Kulturbund in Dresden beruflich tätig. Sein erstes Buch schrieb er über die NVA. Danach erfolgten literarische Vorlagen für das Fernsehen, u.a. für „Schauspielereien". Detlef M. ist in seiner Tätigkeit zielstrebig. Derzeitig arbeitet er an einem neuen Buch.

Der Überprüfte ist Mitglied der SED. Im Wohnbereich übt er keine gesellschaftlichen Funktionen aus. M. ist willig und ansprechbar. Er äußerte gegenüber dem WPO-Sekretär: "Wenn Du mich brauchst so werde ich helfen, aber habe beruflich viel zu tun." Innerhalb der Hausgemeinschaft, wo keine gesellschaftlichen Maßnahmen stattfinden, engagiert sich M. bei Ordnungs- und Pflegearbeiten. Er ist nicht ablehnend. Gesprächsweise Kontakte verdeutlichen, daß Detlef M. progressiv eingestellt ist. Es sind keine politisch nachteiligen Fakten bekannt. Kontakte zu negativen Personen wurden im Wohngebiet verneint. M. bekannte sich als Genosse. Aus Zeit- bzw. Berufsgründen wurde er auf gesellschaftlicher Ebene nicht wirksam. Eine westliche Orientierung kam nicht zum Ausdruck.

Sein Leumund im Wohngebiet ist nicht nachteilig. M. ist freundlich, ausgeglichen und hilfsbereit. Er verhält sich natürlich und es sind keine Tendenzen für Überheblichkeit oder Geltungsdrang aufgefallen. Der Überprüfte ist kontaktfähig, aber nicht kontaktsuchend. Schwatzhaftigkeit wird verneint. Das Äußere des M. ist sauber und gepflegt.

Er lebt in zweiter Ehe. Zur ersten ergaben sich keine Anhaltspunkte, bzw. ist nicht bekannt, ob Kinder aus dieser Ehe hervorgingen.

Das Verhältnis zur Ehefrau und dem gemeinsamen Sohn ist fest und wird als harmonisch eingeschätzt. Die vorhandene Dreiraum-Altbauwohnung wurde aufgegeben, da M. ein Arbeitszimmer für sich allein benötigte. Das wurde inzwischen realisiert.

Die Familie führt eine natürliche Lebensweise. Die finanzielle Lage ist geordnet. Zum Besitz gehören ein PKW „Trabant" und ein Garten in einer Sparte des VKSK. Im Garten sucht M. Entspannung und Erholung mit seiner Familie. Es wurde bemerkt, daß Detlef M. abends mit seiner Ehefrau oft ausging. So wurde u.a. auch die Gaststätte „Wormser Hof" im gleichen Wohngebiet aufgesucht. Neben seiner schriftstellerischen Tätigkeit besteht Interesse für Konzert- und Theaterbesuche.